我又想起海

I Think of the Sea Again

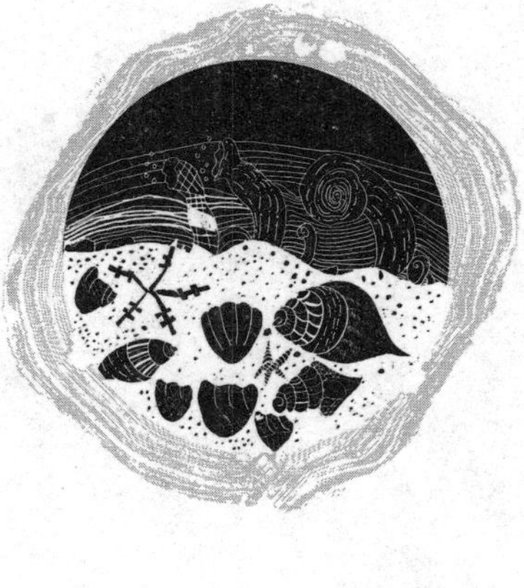

杨超翎 著

漓江出版社
·桂林·

— 谨将此书 —

献给我的亲人朋友我的故乡
献给我学习和工作过的地方
献给我熟悉与不熟悉的世界
献给我认识与不认识的读者

作者简介

杨超翎

二十世纪六十年代出生于福建霞浦县。八十年代毕业于广州某医科大学。曾在北京行医。九十年代出国，在高校从事医学科学研究。本书选自作者多年来创作的诗歌，时间跨度近四十年。作者以第一人称的手法，饱含深情地对真实及虚拟世界进行记述、抒情和倾诉。作者对岁月经历、山水风光的描摹细致入微，字里行间流露的情感朴实自然，在不经意间动人心弦。

目录

卷首

第一辑　瀑　布

第二辑　苹果树下

第三辑　那一天

第四辑　霞浦的记忆

卷　尾

卷首

霞　浦

天边印满了红嘴唇

不管是日落还是日出

——我都爱

引子

鸟蛋小记

上周星期天，我送大儿子到波特兰大学（University of Portland）学钢琴，然后在校园内例行边散步边拍摄的活动。一处景色吸引了我。红砖建筑物的墙边，一棵白色狗树（dogwoods）正值花期，红白绿相对映入镜头。我用手机咔嚓随便拍两张照片。拍照时发现，一只小鸟离我很近，它立在旁边的一棵小树上，它好像不怕人，正好，我就对着它猛拍。好家伙，它还挺给面子，时不时摆出不同的姿势。一会儿，我看见它的伙伴叼着干草往树下的草丛中走去，我想那一定是在建它们的安乐窝。

我想起同在北美的同学发在群里的鸟蛋鸟窝还有小鸟的故事。这只鸟与他们拍的不一样。好奇之下，我扒开了草丛，鸟自然很不高兴，飞出来叽叽喳喳乱叫，后来估计是累了，停在树上，用双眼监视着我的一切。我立即对着鸟巢拍照，可惜鸟巢里没有鸟蛋。

一个星期过去了，我再次光临它们的老窝，不好意思，又打扰它们了。只见一只鸟扑哧飞了出来。呵，有了，三个鸟蛋。我拍完照将草覆盖好，大功告成。下周待续，鸟蛋里的小小鸟是否破壳而出，我拭目以待。

呵，一个星期过得很快，小鸟孵小小鸟进展如何？是的，同学们都等着我报道小小鸟呢。根据我小时候的经验，母鸡孵小鸡至少要一个月，难道小鸟只需一个星期？我十分怀疑。

这里静悄悄，树上没有小鸟，我小心翼翼地靠近它们的老窝。还没等我的手摸近小巢，扑哧，小鸟飞出。扒开草丛未见小小鸟，让我大为惊讶的是，一个星期不见，竟然又多出了一个鸟蛋！

刚到美国在耶鲁大学工作，我住在康涅狄格州的纽黑文（New Haven）的市区内。在那里，我尝到了美国的野味。在纽黑文郊外，我捡到了一窝鸟蛋，记得有三四个，它们小小的，同这次我看见的一样。当年，我根本没有保护野生动物的意识，那鸟蛋早已从我的肠子走过了。

都说不知者无罪，在一定条件下不是没有道理的。有时好人变成坏人，就是在无意的一瞬间变成的。这次发现的鸟蛋，我也可以像二十年前一样捡了拿回家吃了，天不知鸟不知，但我没有那样做，而是带着好奇去了解鸟儿。

我在网上查看了这类小鸟的资料，这是北美比较常见的一种小鸟，估计全球有6亿只，生命最长的一只活了11年4个月。这类鸟一般一次能下3～6个蛋，长1.9～2.1厘米，宽1.5～1.6厘米，孵化时间为12～13天，母养时间为10～13天。母鸟筑巢需7天，此鸟巢不会重复使用，即来年它们将会在不同的地方筑巢下蛋。

我在这儿见过别的鸟也如此弃巢，看来动物也喜新厌旧。小时候在霞浦，我看见麻雀就老在一个窝里待着，还有燕子，每年春天回来，大部分燕子还是在原来的地方筑巢。我这么一计算，明天可以见到小小鸟。

第二天，我再次来到鸟窝旁边观看，果然没有让我失望，小小鸟们都从鸟蛋里破壳而出了，它们都光着身子，闭着眼睛在睡觉。我见鸟妈妈不在，也不想打扰小小鸟们的美梦，轻轻地走到鸟窝旁“一只、两只、三只、四只”地数着鸟儿们，数了一遍又一遍，生怕哪一只没有数到。就在我数完最后一遍准备离开时，鸟妈妈叼着一只虫子回来了。它误以为我要掏它的老窝，抢走它的孩子，吓得在我的身边乱飞、乱叫，像丢了魂魄似的，嘴上叼着的虫子掉哪儿都不管了。

我想我再不走就吵醒鸟儿们了，于是识趣地跑开。等我跑开后，鸟妈妈才从恐慌中回过神来去寻找刚刚丢失的虫子。我也不知道它找到了没有，但是我和它之间的误会，最后成了一个美丽的误会。

一段时间后，我目送着它们离开了自己的窝，去寻找自己的幸福生活。就在鸟儿们离开鸟窝的那一瞬间，我想起了我在霞浦的亲人，别有一番诗意在心头，于是想起我曾写过的这首诗：

小小的家族

我的家
有一本好玩的家谱
我的父亲为何氏的后代
被姓连的祖父领养
我的母亲生于江家
却成了杨姓人家的养女
我姓杨
我做了有历史问题的外公的孙子
我的父亲
长了一张矛盾的脸
很深的眉沟和早年秃顶
可能源于他长年奔波城关与海岛的辛劳
硕大垂长如佛爷的双耳
不知代表他小学教员却领取干部工资
还是象征三儿一女享受幸福晚年

哥哥说
姓连的家族没多大的出息
你看我只是工厂一名普通工人
工厂倒闭我成了下岗工人
你看你的弟弟
补员继承父业如何富得起来

你看你运气好上大学成研究生
如今又留学海外
只因为你从小就改了家姓
我不能让我的儿子姓连了
我要他跟你同姓

父亲长长的话语
倾诉了他对孙儿要改姓的不满
并说他已步入古稀之年的话
每每听来我都忍不住想笑

亲爱的父亲
七十岁在中国已算不上罕见
您已经住上我为您购买的房子
我再完成您一个心愿
在外国
我们将为您生四个孙子
一男叫连子
二男叫杨子
三男叫何子
四男叫江子
他们长大之后都像我
会说一口地道的霞浦话
他们长大之后全都是您的好后代

第一辑 瀑布

瀑　布（之一）

一条瀑布在山顶上飘扬，色白
水声，悬崖，浅塘，风吹日晒
周末，人山人海，人上人下
多少人张望，拍照留影
小时候见过，还有小河浅滩
此际，一个乌黑卷发披肩的少女
迎面而遇又擦肩而过，哦
美丽的少女和这眼前瀑布
似曾相识，少女，瀑布流动的水
瀑布，少女飘逸的长发
有声有色，有情有义

瀑　布（之二）

高山的心
被大地的深情
所降伏
终于飘出了
一面白旗

冬天里的树枝

冬天里的树枝
远远望去像你年轻时
黑色飘逸的长发
在风中微微起伏

没有了色彩和装饰
显得格外质朴纯真

哦，青春的黑白照
留下极简，记忆中你的风情
留在冬天的林中遐想

你，似远似近
曾拥有水墨画般的韵味
再次让我慢慢销魂

伞

浮萍
蘑菇
彩贝
或是花
都展在雨里

翘首
期待
盼望
更有心
全开于情中

枫 树

你绿过，黄过，红过与枯落
像醒着，睡着，醉着和死亡
绿嘛，数你幼嫩与纯真
黄呢，算你成熟和聪明
红哪，无疑归你最美丽
是你的情感在燃烧
抑或被忠恋而羞怯
我不憾你的美丽太短暂
也不怨你的通红像黄昏
却恨我自己不停地追问
明年秋叶为谁红

如果一年能醉成一夜
这一夜一定睡满你殷红的梦

海

一

何来一双巨手
弹奏这台蓝色钢琴
且声声不息

二

纵横交错的川流
海的胡须

三

海穿一件蓝色的裙子
风帮她提着洁白的裙裾
你爱海吗
你了解海吗
海睡觉有时会打呼噜

四

看海
举起多少双白白的手
露出多少颗白白的牙
张开多少双明亮的眼睛
你数不过来

我家后院的李子树

先虚无后现实，冬天的树枝
剑指苍穹，似画笔也可当柴烧
熬过漫长的冬天，古典风格出现
初春的叶子在我的眼前泛绿
当满树开满白色的李花时
此时登场的印象派，白绿分明
时有昆虫传粉，小鸟在后
花归花叶归叶，此刻无象征派啥事
几夜风雨花落，一转眼小李子出现
李子大小不同，印象派聚精会神
而后印象派注重小李子的长成
阳光透彻，蓝天泛着白云，黄昏闪金光
小李子在自然主义派中逍遥自在
它们在盛夏中壮大，开始泛红
哦，我可爱的浪漫与象征派跃跃欲试
红的像苹果像红枣像一盏盏小红灯
我，实用派者，把李子摘下来
欣赏李树的果实，然后分批入口进胃
丰收的喜悦油然而生，但我承认
我的文字及摄影替代不了画作

影　子

阳光下，我有一个很长的影子
印在草坪上，它是我的
你看不到它的头发颜色
它的脸是否布满了皱纹
我的影子不告诉我它在想什么
阳光灿烂，温暖，影子跟随我
比我更能耐，任意跨越障碍
抵达某个我所不及的角落
未经许可随便更改我的体态
一旦深藏不露，影子方才罢休
阳光下，我有一个很长的影子
印在草坪上，的确只属于我的
此刻真实的感受，形影不离

蒲 公 英

蒲公英在春天里长大，成熟
蒲公英梦见它的种子被风带走
去看它们未曾见过的世界
落地之后，种子就地生根发芽
蒲公英梦想它的子孙满天下

路过一片草坪，我看见蒲公英
它们静静生长在青草丛中
举起一朵朵白色毛茸茸的小绒球

我俯下身子随手摘了一朵
努嘴对着手里的蒲公英，一吹
去吧我的蒲公英，祝你梦想成真

草 原

夏日的草原
像一位初恋的女子
白云是她的围巾
夜幕是她黛色的长发
太阳是她青春的脸庞
灿烂地微笑着
她的羞涩像早晚的霞光
那样的迷人
她有蓝天一样的
一颗纯粹的心
天青色的上衣
金黄的野花镶嵌着
深绿色的裙子被风吹动
羊群和奔跑的骏马
点缀着她蓝色的
湖水般的大眼睛
她有青绿色的呼吸
青绿色的胸脯起伏着
青绿色的声音
青绿色的舞蹈
青绿色的体香
以及她青绿色的爱恋
呵，美丽的草原，我来迟了

春（之一）

一

春天来了
树开始发青长出新叶
地上的草绿了
小溪小河潺潺流水
天空晴朗
白云如一群羊羔牧游在天边
树上地上鲜花开放
住宅的周围大小鸟儿
成群结队，叽叽喳喳
很活跃，树上地上
飞来飞去，天气变暖
春天来了，谁最高兴
鸟儿们都笑了
我还有啥不开心的？

二

我在后院晒着太阳
苹果树李子树枝头开始发芽
如果我是一棵树
我身体何处会发芽
想着从前，还有可能
头上长角身上长刺

如今我像是一棵老树
在春风里，我想
我要发芽，试问
我到底会不会发芽？

三

院子松柏围墙上飞来一只麻雀
不远处，它站在树枝上
忽略了我的存在，高仰着头
引颈中嘴里时不时发出清脆悦耳叫唤声
东张张西望望，就是不见来者
我继续盯着它，可它不理睬我
不久飞走，不知趣的是我
还是麻雀，总之我们彼此没有交流

四

春天总有一段故事适合你
比如，春天里的冰雹，雪霜
鸟语花香，原野吹来的和风
这自然与繁华的都市略有差异
眼下老牛正在田地里耕犁
你是否听过春天的打雷，春雷
或许在想象中来临，人的一生
几时遇上？小时候听到天上打雷
真的感到害怕，那都是夏天的雷
“轰隆隆”接着“咔”的一声巨响
哦，晴天霹雳在春天？

五

你住在地球的某处，春天的感觉
就有某处的感觉，对吧
此刻我居住山丘，领略
平原高原都是原，一望无际
小河大河都是河，流向远方
小海大海都是海，海上生明月
春天里万物复苏，孕育新的生命
沙漠的春天又是怎样的春天
狂风吹过，沙尘暴，暗无天日

六

春天里有
绿的气息
花的气息
鸟的气息
我更倾注于
人的气息
温暖的气息

春（之二）

当鸟在院子发芽的树上啼叫
我就知道春天到来了
一年四季的第一页书已经翻开
春风春鸟春花春雨春雷接踵而来
我赶紧跟春握个手
跟春拥个抱，让春带我上路
让春的祝福送至四面八方
哦，大地春潮涌动
人们开始重整旗鼓
万物复苏，我看到大地和天空
都睁开了无数双眼睛，当然
也包括我的眼睛，我要看
春扭动着美丽身姿，深情款款
走向人间，让没绿的变绿，让绿的更绿
如同让不幸的人变幸福
让幸福的人继续幸福
如同让不快乐的人变快乐
让快乐的人更加快乐

雨 水 镜

我家后院平台的一张桌子
今夏常雨，懒得支上阳伞

雨落在桌面上，雨花四溅
像是小鸟啄食，嘀嗒嘀嗒

雨后的桌面终于安静下来
雨后的桌面像一面大镜子

晴天桌面上留绿树的倒影
我也想出去照看一下自己

担心，这雨水积成的镜子
一有风吹，将我的脸面扭曲

红叶树题

一

远望像一团火
近看似一把红伞

我在红伞下仰望
蓝色的天空

秋天的阳光剔透
仿佛下起了金色的雨

红伞撑着蓝天，树叶
风中摇曳，斑斓缤纷

时光来去匆匆，而我
愿此驻足，徘徊流连
欲与红叶浪漫共沉醉

二

你知道红叶有多美
映衬着蔚蓝的天空
仿佛遇见初恋少女
看到她殷红的脸颊
披一件轻盈的红衣衫
清晨我在一棵硕大的
红树下

仰望着阳光明媚的秋天
欣赏这灿烂的红叶
久久不愿离去

仿佛这一棵红叶树，刹那间
疗愈了我多年的抑郁

这种红叫别无可恋
这种红叫万色俱灭

点燃了我的激情
唤醒了我的青春年华

三

秋天的树叶完成它们最后的狂欢盛宴
它们将与树做一个隆重的告别
把自己装扮成了最鲜艳的模样
在风雨中轰轰烈烈，潇潇洒洒
黄黄绿绿红红散落在都市街头
为繁荣的都市增添无限的色彩
它们像是一代又一代的人
曾经或将在历史的舞台精彩演出
你方唱罢我登场，生生不息，哦
请你不要为这落下的叶子而悲哀
天下没有不散的宴席，生死轮回
我喜欢这秋天的叶子，它们是诗的种子
画的摇篮，梦的去处，爱的呼吸
秋天的叶子呵就是我欣赏的一个个美人
她们在最美丽的时候又纷纷离我而去

四

秋天来了
树叶开始变红
变红的树叶红得像血
秋天的树
血的树叶
我看到树流淌着鲜血
滴到了地上
这是树的血
秋树流着鲜红的血
我踩着红叶
如同我踏着自己
曾经拥有过的
热烈迷人的，但
已流尽了的
呵，青春的血

五

季节这把锤子
重重敲打在北方的树林
有些面不改色，有些怒发冲冠
近朱者赤？不，有些我行我素
高高举起，轻轻放下，那是云霞

仿佛酒鬼在嘲笑不胜酒力的人群
这秋天里仙妖招展，服装盛宴
我青春的道具，不言弃的冷艳
未思考的变幻曲，开幕典礼的传单

不善言语羞怯人的面颊，哦
你让人如此的嫉妒也让人羡慕

燃烧的一簇簇一团团一片片
无声无烟，把心掏出来
随时会被无情的风雨打落在地上
无人问津，是，或许不是

我在南方上学，读书时向往香山
小时候我没事经常在街边玩耍
一家小店卖些小铁器，看打铁
铁炉子烧着，打铁时，火花四溅
几十年过去，换汤也换药，旧房却健在

季节这把锤子
重重敲打在北方的树林
仿佛我又一次听到叮当叮当的打铁声

太 阳 酒

初春的早上，一夜雨后
我坐在院子的椅子上
太阳从东南的远方
带着它的光芒向我走来
它伸出无数只光的手
隔着衣服抚摸着我的肌肤
我感觉到它的温柔
仿佛我饮一杯太阳酿成的酒
全身温暖满满，闭上眼睛
仿佛拥抱着太阳
——那酒的故乡

半 月

周末，冬日后院
我看见半个月亮从东方升起
此刻太阳还在西南天边悬挂着
随手拿出手机，咔嚓一张
哦，蓝色的底板，白色的乳房
比夜间拍到的还性感漂亮
呵，冬日的天空
浮现半个饱满的月亮
仿佛是维纳斯的乳房

鸟 树

我家阳台前，邻家院内一棵松树
坚挺，横枝，繁茂，时有雾绕雨罩
春去秋来，四季轮回，风景多变
独自青绿色一装，鸟立树上，一群，几只
鸟来鸟往，飞去飞来，停顿，休息也寻偶
调情，恩怨，情亲爱恋还卿卿我我
近似亭台，未见窝巢，权当鸟站
树尖顶端处，大鸟如老鹰，乌鸦
能耐，伫立晒太阳，俯瞰，东张西望
可谓大树招大鸟，偶尔有空
鸟树相片一张，年复一年
树还是那棵树，请别指望
鸟还是那只你曾赏识过的鸟

草

草草可爱，与世无争
一副顽皮的样子，野蛮又顽强生长
矮矮的，虽有一点小身段
风吹不散，刮不走，紧紧抓着
土地的小士兵，地球表面的小保护神
一节节绿车厢，随季节到天南和地北
人类间接的粮食，关键还成就了一句名诗
“野火烧不尽，春风吹又生。”

啄 木 鸟

我在居家附近的公园散步
“哒哒哒哒” “哒哒哒哒”
一串串，一阵阵刺耳的声音
从不远处的树林中传来
我知道这定是我熟悉的啄木鸟
啄木时发出来的清脆的响声
我曾见过啄木鸟那尖尖的利嘴
在一棵朽树上如同一位木匠
聚精会神兢兢业业， 啄木雕刻
树下留着大片一块块的木屑
这几天，我看见一只红嘴啄木鸟
在一棵枯树上啄出一个树洞来
当我老时，像这一棵枯树
我希望有一群美丽的啄木鸟
不妨在我的身上做窝
啄我的骨头啄我的肉，啄木鸟
你这自然界的益鸟，请把我身上的病虫
也叼走吃光，啄木鸟，请啄我

苹 果

我种在前院的苹果树，逐年成长
开春时节，树枝满花
白色透红，一簇一簇，我懒得理她
经风逢雨，叶盛花落，转眼
绿色小果展露枝头，可
又几经风雨，一些小绿果枯黄掉落
我心狠不怜惜，也懒得理她
盛夏一过，该大的大该小的小
顺其自然，看其造化
转眼间，初秋已至，苹果树下
红色早熟的，零散地躺在地上
三天两头落果不断，这些歪果裂果病果
我更懒得理她
剩余的各个鲜活，红扑扑的圆脸蛋
让人怦然心动
是时候了，我得理她

一片森林

我所走的树林间没有猎人没有枪响
常有野鹿出没，它们并未迷路

漫步在林中的小径，早已熟悉的鸟鸣声伴随
它们在林中跳跃，以及零星的野兔在吃草

从早春嫩叶再到初秋的第一片落叶
小池塘里的水深水浅与雨水的到临别过相对应
该有的青蛙乌龟野鸭甚至老鼠都有

空气里的丝丝凉意避开了盛夏的燥热
青草的绿意随时节转为金黄

果子挂在知名与不知名的树上
小松鼠树上树下忙碌着吃与藏

我见过一些无毒草蛇在路旁晒着太阳
听到脚步声临近有时还懒得溜走

秋天落叶后的树林里，此时你才看见
那些大鸟筑的巢仍然完整无损立树枝上
小鸟筑的巢被风吹落在草丛树叶中

冬天几场不大的雪，树枝沾满雪
不落叶的松树雪中夹杂有绿色
雪地上可以看见动物的脚印

当孤独的太阳消失在树林中
孤独的月亮就升上树梢
月光洒在林间，不知何人消失在树林中

这是我所见的树林，地球上一个小小的区域
这儿四季分明，人们安居乐业，人丁兴旺

河　流

沿着山脉而下，河川纵横交错
我指的那条河流，在陆地上
她是鼓鼓的，涨涨的，泛泛的
我喜欢她的清澈，蔚蓝色的
容颜出群，窈窕淑女般的身段
轻可触摸，宽阔可承载
温柔款款走来带着优雅的气息
怀抱鱼群，岸边长满野花野草
红黑色果子在太阳底下散发出
一阵阵迷人的香味，没错
我就是这样喜欢着欣赏着走过
如爱美人一样爱着这条河流

大 河

大河有水的时候
可以
向东流
向西流
向南流
向北流
流向你流向我

大河没水了，结冰了
哪儿都不流

大河有水的时候
就是
不往
天
上
流

海　书

海像一本书
封面是蓝色的
我在海边看见
海不停地翻阅自己
白色的书页
没等看到啥内容
一页又翻过去了
打开又合上
海就是一本
让我看不清读不懂的书

绿　火

在北方
谁又吹响了春的号角
看不见的无名士兵
点燃起
春天的火把
大地的
绿色之火开始燎原
看，绿火滚滚
一团团一簇簇一片片
一层层一亩亩一顷顷
绿油油的一望无际
从春夏燃到秋
从纯青烧到金黄
直把枫叶燃成
落日一样通红
最后
被冬天的一场大雪
暂时扑灭，掩埋
在北方，火火火
给我绿色的光
绿色的火，呵
青春之火，生命之光

小 雨

小雨是一首小诗
我喜欢它慢慢地下，慢慢地湿

想象中的你在雨中等候
江南的街头巷尾
如你长发飘逸，令我神情迷离
不让小雨停息，远远看其朦胧
淡淡的体香，留住记忆

小雨是一首小诗
小雨下个不停，心境变得越来越纯净
小雨如你纤细的手摸着我的脸
无论在春天还在秋天

小雨的缠绵，小雨的诗情画意
哦，小雨是一首小诗
我喜欢它慢慢地下，慢慢地湿

阳　光

连续一两个月
时常细雨绵绵
今天，大晴天
我又能在室外活动了
太阳好像姜太公
撒下一点阳光诱饵
我便会自动上钩
老了，仿佛岁月
将我丢进衰弱的浊池
呵，每一缕阳光
都成了我的救命稻草

花　朵

春天说来就来了
春天到来之前，有预告
仿佛跟我打过招呼
你看春天来了
我甩掉寒冷的背包
轻装前行，眼见一片青绿
一簇树花，我不介意
玫瑰，郁金香，蔷薇
及紫荆花的开放
它们包含人们勤作的汗水
我更欣赏地上墙角及山里
有名无名的野花，它们
也是春天的使者
散发着天然的芬芳
看，春天的每一朵花
多像新生的婴儿
它们都在向我招手
都在向我微笑

一块巨石

驱车两个半小时来看海上的一块巨石
站在沙滩上，我眼前惊现一道独特风景
哇，这块石头像一个巨大的头颅浮出水面
我甚至看到了古人脑后勺的一段辫子
远远望去又像哪位仙人遗忘的一只酒壶
飞来石吗？不是，我猜测应该是千万年
雨水和海水将一座小山的土坯肌肤啃噬之后
剩下的这块硬骨头，我看到石头的顽固与倔强
一副不服输的样子，一动不动，任凭风吹浪打

沙　丘

我们乘坐游艇车
身体随车子在海岸上的沙丘上颠簸
刺激，尖叫，只是少了在沙漠上赤足跋涉
我们看见一边树林一边海
中间一片茫茫金黄的沙漠里的小沙丘
见过类似的还有鸣沙山的月牙泉
此次，我们在那块如头颅般巨大石头的右侧
徒步爬上了那座陡峭的沙丘
沙丘背靠青山，面朝沙滩、大海
坐在沙丘上，看沙滩上的人群小得如蚁
哈哈，一群群蚂蚁往上爬啦
大人小孩身穿游泳衣在泡完海水之后
争先恐后冲上沙丘，爬上半坡
累了爬不动，跪下坐下躺下
于是，我有了退休来这颐养天年的想法
去跟海上那块巨大石头说说痴心话
海滩漫步，沙丘爬爬，沙丘上看风景
夕阳看看，日出观观，海上邀明月
若有客自远方来，我也会不亦乐乎啦
这欢乐的海滩，金子般的沙丘，络绎的人流
伴随着喧哗的浪潮，告诉我，什么叫寂寞？

小院子里的秋天

夏末之后便是初秋了
后院两侧的梨子和李子
还在树上高高地挂着
我把落下的好的梨子和李子
连同前院一个掉下的苹果
放在后院的桌子上，此际
我闻到一阵阵果子的清香
白云飘荡的蓝天下多么宁静
时有鸟儿在草坪上寻食
偶然间小鸟跳上我对面的椅子
蜂鸟还冲着我飞，停顿在空中
尽管我没有挪动身子
也丝毫无意伤害它们
想来我不是它们的同类
不过一瞬间它们都飞走了
呵，我曾有过春天的萌动
夏日蓬勃的热情，现在初秋的祥和
我知道我的冬天会来
在冬天还未来临之际
请允许我爱着，欣赏着我的秋天

池　塘

一面水做的镜子
云朵照过
太阳照过
月亮照过
星星也照过
一年四季
虫鸟水生物来过玩过
风来过雨来过
草木围绕着
我路过观过
镜子虽小，好像
万物都光顾过

风

没人怀疑春风把大地吹绿
将乌云吹散
也没人否认秋风萧瑟
飞沙走石
以致万劫不复
而那些来路不明，无可言状
看不见摸不着
折腾人的是什么？
呵，问风去，只有风知道

风把人带到这个世界上来
奔跑挣扎亢奋沮丧
然后，又将人的眼泪一点点吹干

最后，风还在坟头上
抚摸着片片野草，好像
时不时地又在说些风凉话

日出日落

我有一栋楼房坐落在不高的山上
早上看日出，晚间看日落，惬意
我面朝北，早上左手拿着红苹果
到晚间轮到右手拿着金苹果，呵
满天的霞光伴着金光灿烂

初升的太阳像婴儿红扑扑的嫩脸
落日的太阳如恋人一边羞涩一边潇洒
让我理解什么叫“英雄气短儿女情长”

我从来没有指望天天如此，但
每次日出日落的场景如此绚丽壮观
如此震撼，我每每无不接纳

雪

下雪的时候
天空是一片混沌的
这，眼前的至暗
雪一定来得气势磅礴

雪静静飘落
哼着无人听见的曲子
大地冰冷，以寒对冷
以寒喂冷，雪抚摸着它的冰冷

雪落无声，如
一群白色的蝴蝶在我眼前起飞
谁人听见蝴蝶飞舞的声响

雪停留在了树上，像一件件
精装细打的小银器
在阳光下闪着耀眼的白光

潇潇洒洒的雪落在我的头上
比我的白头发还白
我仿佛登上了岁月的高处
时光的白渐渐聚积在我的头上
不肯离去，看
我的脑袋快像一座雪山

雪覆盖在山上
把山的骨骼脉络突显出来
雪想把人的身心净化
把都市的喧嚣，嘈杂滤过
雪，又如此处心积虑

在雪中骑马奔跑，或
在雪的山庄里饮酒
坐靠炉火边喝雪水，这在
四季如春的南国不曾有过的愉悦

空中开花，花瓣撒落
雪花不孤独，不寂寞
成群结队赶在春天之前
上路，彩排，呵
春姑娘，夏姑娘，金姑娘，雪姑娘
我全都一一爱着哪

秋　叶

你先吻了天空
然后亲吻大地
我把你拾起
好像你也吻了我

呵，秋叶
情之唇，爱之意
天地间，你我
在秋色里缠缠绵绵

你先吻了太阳
然后亲吻月亮
风把你吹起
好像你也吻了风

呵，秋叶
情之手，爱之叶
天地间，你我
来年秋风再缠绵

光　芒

秋天我走在两边种满树木的马路上
一种幻觉闪过我的脑际
千姿百态的树木，万片缤纷的树叶
发出五颜六色的光，一片树叶一片光
红叶发着红光
黄叶发着金光
绿叶发着绿色的光
炫耀而又空茫，我边走边想
海洋吸收太阳的光，于是大海翻出太阳的蓝
云吸收太阳的光，于是云吐出太阳的白
在清晨和黄昏，云又放出太阳的金红
树木默默地吸收了太阳全部的能量
在秋天的时候它们终于爆发出太阳所有的光芒
一片树叶一片光
幸福呵，我感受到树叶的光芒
如同接近触及了太阳柔和的光芒

海　滩

大海长着一张大嘴
一张一合，昼夜不停
哼唱也罢唠叨也罢
你高声对它吼叫
或者，低声细语
大海一如既往不作答
从未寂寞疲倦的大海
我不知道它腹中吸纳些什么
可从大海嘴里吐出的
全都是好货呵，看
沙滩上海螺，螃蟹，虾蛄
珍珠，贝壳，海带
甚至漂亮的石子，总之
这是我见过的大海温存的一面
大海有一张宽宽薄薄的大嘴唇
仿佛对谁都温柔，对谁都亲切

海　水

在家乡，我父亲教书的地方
长春镇武曲村的海边
小时候我亲口尝过海水
后来我到过许多海边
每次我都要亲手沾沾那里的海水
然后舌头舔一舔，不知为何
感觉许多地方的海水，没有
儿时尝过的，那么咸那么涩

日　晕

日晕像猫眼睛
储存在我手机的相册里
我反复琢磨，愈琢磨愈像
日晕像是猫眼睛
不知道是
波斯猫
短毛猫
布拉多尔猫
暹罗猫
还是土耳其梵猫
总之，日晕像是
黄色镶嵌着蓝金条纹的
猫眼睛

天　空

天这么空
仿佛需要
我的诗句
随意去书写
任意去填充

澳大利亚森林

澳大利亚森林藏着许多秘密
那儿的树木巨大参天
那儿的鸟鸣不断，鹦鹉成群
那儿的海水碧蓝，沙子如金
那儿的海鲜真鲜
澳大利亚森林藏着许多秘密
那儿的考拉好像天天沉睡不醒
那儿的袋鼠硕大尾巴长长
那儿的气候四季分明
澳大利亚森林藏着许多秘密
那儿的矿物极丰富
用不完的金铜铁矿
那儿的土地肥沃山峰陡峭
那儿的蓝色湖泊如歌
我说澳大利亚森林藏着许多的
如你年轻时的秘密

春天的花草会说些啥

试问，春天的花草会说什么话？
春天的花草开口之前很会“作马势”
青草从地里冒了出来
弹弹它们身上的泥土
清晨的一滴露珠沾在它们唇边
仿佛为它们清润嗓子而准备
春藤急着要伸出它的小舌头
千姿百态，婀娜多姿的花朵们
争先恐后还没说话就先笑容满面
春天的花草精心打扮，五颜六色
它们散出一阵阵醉人的芳香
我敢肯定春天的花草会说话
它们憋闷一整个冬天，我确信
遗憾，我却听不出它们会说些啥

注：“作马势”霞浦方言，常指擅长表演。

星 光

在夏日的夜晚
天空依旧若无其事
星星带着各自的光芒
黑暗中如期登场
有人给星星命名
有人让星星开口说话
有人把星光织起一张网
有人想在星星上种树栽花
月亮靠我们最近也最亮，而我
看见星光闪烁如你笑声一样灿烂
我想把星光带回梦里，留住
你绚丽明亮的笑声一串串

微　笑

我种的苹果树，今年秋天又长满了
苹果，微风中苹果们个个精神饱满
红彤彤的脸庞，灿烂微笑着
就算掉落在地上，它们仍然笑嘻嘻的
于是，我先把地上的苹果收拾起来
让它们的香味飘满我的房间里
然后，我慢慢地把它们一个个吃了
幻想苹果的香味留在我的身体里
它们的微笑继续挂在我的嘴边
有谁忍心眼睁睁看着苹果躺在地上
烂地上，它们的微笑埋没在泥土草丛里

白 桦 林

我不敢随便走进那片白桦林
白桦树浑身上下都长满了眼睛
我害怕这片众目睽睽的树林
轻而易举地看透我的那点心事

月亮与玫瑰

月亮每天都在努力
使自己圆满，像我家的玫瑰
春天一到，认真地
开放着一朵又一朵
一茬又一茬，一拨又一拨
一年三百六十五天
月亮成功了十二次
中秋的月亮最漂亮
漂亮得像新娘
我种的玫瑰，不知道
为我奉献过多少次芳香
月亮和玫瑰，俩好姐妹
一个在天上，一个在地上

云

我是天上的一朵云，来自大地
你抬头看得见，伸手触摸不及
我随时可以在你的眼前出现
随时又可以消失，不知不觉中
我红了，可转眼又变黑
一生漂泊不定，各种形体的切换
我可以变一条鱼一条狗给你看
也可变成如老虎般凶猛的野兽
甚至变成你的头颅，有鼻有眼
高兴时膨胀，像气球
不愉快时拉着脸，阴影笼罩如锅盖
所有的祈祷、企望和思念
我都记得，一转身我变成了雨和雪
回归大地，活在万物的身上
我是天上的一朵云， 来自大地
有灵魂有肉体更有挑逗你的神经

落　日

有谁见过常胜将军
立足不败之地
山上地上海上
冥想人生，似曾相识
何处没有鲜花，何处没有野草
你每天也可以
在假设的战场，虚设的场景
大刀挥舞，提头犹如提乱麻
兴师问罪，你每每会觉得
摸不着的英雄可爱
看不见的敌人可怕
在落日余晖中
想必你无心恋战
如果睁眼就看到自己过错
倒不如双眼一闭，这一闭
似无言
而痛苦与幸福，不了了之
来不及恋恋不舍，便是一生

十月之火

虚实之相，诞生在遥远
孕育在我的不召之中
众水之上，群山峻岭
平原和你所目睹的树梢燃烧
十月之火不分昼夜
钟声与号角可以同时响起
无边无际，一道一道波光
它是成熟的也是安静的
无法预见灰烬，无心谋策
兴许几滴血即刻点燃
高贵的死神，收拾粮食和落叶
仿佛身怀绝技
在你清醒与半清醒之间撩拨
视觉触觉到味觉的爆炸
一年一度，你我渐渐熟悉
不用揣摩，看哪
体态轻盈饱满，稻穗之芬芳
时光长河，十月之火不负众望
此际，太阳和月亮对上了眼
日出东方月落西山，日月同辉
十月之火，众神之上
新酒已酿成，你我因欢而醉

湖

一　湖林

我独自走进湖边的树林
前面不知何处是尽头
背后已经看不清退路
我哼着我自己心爱的歌
忘记了所有的烦恼
树林里的野生动物
比我遇见的一些人还友好
于是，我就继续前行
我在想，我需要这种勇气
直到我把心爱的歌唱完
直到我把人间烟火忘光
直到我把自己的梦做完

二　“湖蝶”

看见蝴蝶，想起了
梁山伯与祝英台
古典的悲剧，时不时
还在人间上演，不知
我所见过的这只
美丽斑斓多彩的蝴蝶
又是谁的化身

三　湖心

湖的中央是什么
远远望去，变幻莫测
我开着船特意在湖心停顿
湖心除了水深
没船没草没人钓鱼
啥也没有，水面反倒平静
湖心便是人心佛心，若有若无

四　湖鸟

水鸟当然也是鸟
以水为生，可是
一旦这湖结成了冰
亲爱的水鸟，告诉我
你是否还在此居宿，生活
你比我和这湖里的鱼
多出一双飞翔的翅膀
是呵，何处不是你的家？

五　湖面

自上而下看湖面，地上长着眼睛
宁静到致远，天地一面镜子
湖面紧贴天空波澜不惊
傍晚漫步在湖边，湖面流金
这金光来自天上西落的阳光
真是一方水土养一方人
这美景如才子佳人
管他故乡还是他乡，我都动心

第二辑
苹果树下

苹果树下

在秋色无限的爽风中
溢满了苹果的清香

我的身上染有阳光的激情
蓝天与白云都在我的脸上
骄傲和温柔过
画家，当你拿起笔的时候
请不要用多颜的色彩
和过多的笔画描绘我
在你的笔下，我只要一个圆圆的形体
这样一种朴实，我就得到永生

我在春天里孕育着风情
在夏日里凝聚着浪漫
现在我有无数的梦要成熟
诗人，在你吟咏我的时候
请不要形容我有玫瑰的艳姿
丁香花的芬芳与沉醉
在你的诗行里，有我一个微笑
这样一种单纯，就能代表我的一切

亲爱的，如果你没有画家和诗人的天才
那你就索性用你的双手捧着我
轻轻地吻着我吧

当你抚摸我的时候
我的美就赋到你的身上

我是多么害怕啊
如果没有你的爱
我会痛苦地烂在秋后的荒野上

萤火虫

不错，在白天
我是一只昆虫
小小的与别的昆虫没有区别
但是，在夏日
我吸收太阳的热
然后，在夜晚
自由自在地飞
发一点小小的光

你知道
我不是星星，不是月亮
它们很美也很遥远

我知道
我很渺小，也很短暂
但我还要闪着这一点仅有的光
去逗引你
逗引你的好奇
逗引你的童心
逗引你忘掉早该忘掉的一切

最后
我才心满意足地死去

月下独白

二十三岁不是很古很旧的年龄
月光下你曾流过多少泪水
尽管无数星光耀眼但清冷孤寂
在众多深情的影子中谁最为你倾心忧思

你郁郁的美丽我一生无法描述
回想起时茫然迷离也许易逝
雪雨寒云或大漠雄风苍劲
怎触动你的执拗与偏见误解

我的枝头还未开出企望的花蕾
迷茫中你的选择多少收获矜持
酒醉红你为他人的脸颊燃烧我的心

从那黑色夜湾到你深邃的眸子
芸香长留你的鲜艳亮丽让他人掂量
命运注定我们没有那份缘
几声乌鸦叫从此埋葬那一段梦花

数年之后我不愿看到你在月下不如意
如果世界依旧人生可以重逢
你波浪式的秀发是否飘长了我的瘦影
叙述你我曾有过几度日子悠近悠远

小 巷

一条小巷我隔三岔五走过路过
几十年有谁认真去记录
它的经历，有过多少变化
常住这儿有多少代人
小巷拆了盖了
几处小铺，摆摊的商店与时俱进
石头街土墙木房
再到水泥地水泥房楼房
未经翻新的破旧的老宅
哦，文化重点保护
对我来讲其实并不重要
今天我又经过这小巷，重要的
我还健在，记忆里的人面桃花还在

寄 语

心的神秘
寄于云朵
让风和光去猜测

黄昏一抹残霞
像写在她脸上
惜别时的笑意

记住
金黄色的梦
暮雨中的惆怅

十 二 月

十二月是最寒冷不过的日子
行行雁羽早已悄然向南飞去

苍秃的树枝伸向高茫的天空
褴褛叫花子有如此这般乞讨

有谁窥见了我孤寂多情的泪
捡拾这片片枯叶去忆它新绿

岁月迁移更替不了心中倩影
今朝我翻似凄笑昨日的温情

四　月

你曾说四月里想象不出有人感伤样子
春神放出的雨丝会任意垂钓田野绿芽

有谁能数得清晨起几缕烟雾朦胧迷茫
露水沾湿行人的脚欲告之天还有点凉

昨夜我的睡眠断然被无情的春鸟衔走
几行长短句子不敌洛阳纸笔何人在意

我说四月的印象最好不要给他人知道
好让我细想当年你我有约欢笑去踏青

忆外公

我家后院的另一棵李子树的李子熟了
跟我家乡的李子大有不同
小时候我在外公看管的一片李子树的农场过夜
今天，吃着李子，想起我的外公
解放前外公当过押担的担头
相当于运输队的保安头，在县城小有名气
他身材魁梧，解放后在县城饮食店管做饭
蒸好的一大圆筒米饭，几十斤
他双手一提，放到门店前，力气大
粗人粗饭，海碗，对我倍爱有加
那时我在外公的饭店吃炒米粉真是一件美事
外公常对别人说我小时候没奶吃，体弱
怪不得我迄今早上不喝牛奶
对牛奶天生的反胃，高考前几天我突然发烧
吃了我外公单位发的降暑食品，菠萝罐头
夜间出了一身大汗，奇怪，第二天退烧了
印象中乡下乞丐上家门乞讨，我不明为何
外公外婆总是不拒绝，我们当年也捉襟见肘呀
七十年代我见过外公教我姐骑自行车
若考不上大学，我可能补员于外公的饮食店
我在北京工作期间，每月给他写信
信中夹带十元钞票，可他死时我却没能回去
我一边抹着眼泪一边强咽着跟我姐通长途电话
外公信佛，他有一副菩萨一样的好心肠

他摔了一跤，我猜死于肺心病，终年八十三
偶尔回老家，给外公外婆上坟烧香点烟必不可少
对了，烧点纸钱，我姐说翎看您来了
他有孝心，这会儿您在那边有钱打麻将了
其实，我听说他老人家打麻将较少输过

家　谱

小时候外公带我们到山上扫墓
那墓已经荒芜，杂草丛生，向海
我只记得墓碑两侧刻道光元年字样
一次，我在杨家亲戚那儿做客
她说先前，县城南边一整片山
都是杨家兄弟的，哦，现在一想
连同道光时代的墓，我的祖上富足
你有家谱吗？我没见过杨氏家谱

三　毛

我又想起了三毛
一位其貌不扬的女子
为了爱情一次次远行
其实，她身体在远游
心在滴血，心在流浪
那一幕“Echo再见，Echo再见”
年少的荷西向她告别的情景
天空突然飘下了大雪
曾经读了让我流泪
那些真实感人的故事
让我至今难忘
三毛一生殇情悲剧
她留下许多文字
留下了文字，这世间
便留下了三毛

歌

我的歌
也许不会很动听
仿佛是苍白的风
不能将每一轮波涛
推向金色的彼岸

我的歌
孕育在我生命的旅途中
点燃一支烟
或许是无声地
在叹息

梵　高

一

梵高走在田野
贫穷如洗的他
一片秋天的金黄麦草
向他伸出了友好的手

二

夏夜的星空，蓝蓝的
蓝得如同梵高的梦

三

向日葵为梵高垂下头颅
全心尽意，为画家为自己

四

梵高用他一只流血的耳朵作画
他看见了天使，于是
不再留恋他的人间

五

梵高不画美女，不画裸体
对着镜子画自己
嘴里叼着一根烟枪，性感

六

生前默默无闻的梵高，如弃子
他死后成了世间的宠儿

七

画神了向日葵的梵高
葵花把他高高捧起

八

你是梵高，我是梵高
在金色的秋天里我们都成了平凡的梵高
贫穷如洗

梵高与父亲

梵高叼烟的自画像
让我想起平凡的父亲
梵高抽的是旱烟
我父亲爱抽的却是水烟
铜制的，吹起燃烧的草纸卷起的火
吧嗒吧嗒，嘴里吐出了长长的烟
父亲爱他的铜制烟具
如同梵高酷爱他的画笔
一位画匠一位书匠
父亲没教我识字画画
梵高也没叫别人流传他的作品
小时候父亲让我试吸一下水烟
如同让我品尝一下高粱酒
辣得胸肺疼，他却哈哈大笑

海　子

海子的一些诗不能读
越读越让人心底荒凉
他说远方
“远方除了遥远一无所有”
那你还去远方干吗
老实在老家待着吧
你若到了远方
他又说了
“远方的幸福是多么痛苦”
呵，海子的远方
让人无法理解
让人无法抵达

流　年

我有一颗闲的心
不在兵荒马乱和山崩地裂之时
踽踽而行在喧嚣或宁静大地上
现在我时不时地仰望天空

哦，我享受并欣赏着
大地气象之万变，浩瀚星空之辽阔

肥沃的土地，河山海洋环抱着我
既有神灵呈现也有魔鬼出没
快乐与悲哀是远是近，有人说过
“天上下雨并非每个人都被淋湿
正如阳光无法照耀世间所有的角落”

偶然间想着上天是否曾送过礼物
既恩赐又恩惠，典雅高贵
如同地上养育我的蔬菜水果粮食

流年中，幸存者仿佛都成了我的哲人

沉 默

我一夜
涨满的相思
让风吹散
让雨淋灭

这一夜
涨满的相思
可今晨
却被你的沉默
吓跑了

我戴上墨镜

阳光太刺眼，我戴上墨镜
你说装酷，我却在掩饰岁月刻下的痕迹
遮挡我的眼袋，眼圈，眼浊
还有渐渐增多的鱼尾纹
顺便也遮住我短浅的目光
我从来没有站在高处
更不用说看见所谓的远方
戴上墨镜可以远离尘嚣和诱惑
世界很美，也很杂很乱
我好极简，这样可滤过多余的色彩
眼不见为净，我戴上墨镜像特务
对啦，我在执行我的特殊任务
不想让你看见我的心事，一道屏障
看不出我目色的衰老，来不及掩盖
曾经有过的一双不安分守己的眼睛

我 错 了

我曾立志要成为有用的人
去改变世上不合理的某些事

在树上刻字表示决心
登山高处学鹰自由展翅
到河里游泳激流勇进
再到人群中去助威呐喊

我一次又一次爬起来
我一而再再而三地辩论高呼

到头来我发现我改变不了世界
而世界却改变了我

牙齿开始松动，头发开始变白
我的腰渐渐不直，腿脚慢慢不利索

然而天上的鸟还照样飞翔
树木照样在长，街上人群照样
若无其事，依旧熙熙攘攘

我错了，世界还是这样的世界
可我已经不再是原来的我

独　白（之一）

我开门见山
闭户见湖泊
众山如我养着的一群
大小宠物
连绵起伏，雪峰
躺着的奶牛的乳房
雨水流进我家后院
湖里有我放的小精灵
时有波澜起伏
我养花不以卖花为业
种果树不以卖果为生
钓鱼不以卖鱼为业
我做书画不以卖艺为生
自食其力
日久天长，我不求思进
日出，我看万道金光
日落，见红霞飞雁
练一身轻功，脱胎换骨
不愁吃不愁穿
放荡不羁，与世无争
以打劫为趣，在世间
我打光阴，劫色彩
不遗余力

独　白（之二）

你们是否觉得我老得有点快
许多诺言，还没兑现
许多美酒，还没喝完
尤其身上太多臭毛病
还没来得及纠正
更可恶的是，有些人生哲理
还没有来得及领悟
我却老了，老得一塌糊涂
对不起了，我可爱的世界
现在只留下这一点小小的愿望
如何让自己，慢慢悠悠地活着
慢慢悠悠地死去

人在旅途

大地上有我
无止境的山坡
无止境的树林
无止境的马路车辆
无止境的人流
无止境的建筑
无止境的田园劳作
尽管有些机械代替了人工

大地上有我
无止境的梦幻
我想说的是
苍茫大地有我无止境的情怀
如同这河流山川大海
无止境的波浪起伏
乘坐飞机我看见
天边无止境的云朵
无止境的星光银河
让我忘却人间无止境的疾苦
以及无止境的美好生活

海的印象

大海从来没有平静过
潮起潮落
近处海浪沙滩海鸟和贝壳
天边海界无限之蓝，蓝之外
除了太阳和月亮
更远的星球，遥远得看不清
海上的船帆与天上的云帆
连成一片，波涛壮阔
海水里有看得见和看不见的鱼群
如同陆地上有数不清的花草
它们各有生长的生命，如人群
海岛孤单，礁石碎浪
林中的鸟与浪声齐鸣
我站在岸边，感受吹动的海风
一阵阵的盐卤的味道
揉把沙子，美丽时光便从手指尖流走
我可以老去，海永不会衰老
我把我的印象换成了石头
梦里，飞来一群不知名的大鸟
将我堆砌的石头远远地叼走
一同消失的海上那片晚霞

笑翠鸟

我在澳大利亚看到一对鸟在树上咯咯叫唤
叫声之大，嘎嘎，像人发出的声音
居住在澳大利亚的同学告诉我，这叫笑翠鸟
反复听了几遍自己录的视频
果真大嗓门一个，此鸟尖嘴猴腮
与八哥鸟体形相似，上嘴黑下嘴白
鸟名 Kookaburra，库卡巴拉
巴拉，巴拉，你就使劲地叫吧
笑翠鸟爱将蛋产在白蚁洞里
以便幼鸟出壳后能就地用餐，聪明
库卡巴拉发出声音像人声一样洪亮
爽朗欢快，咯咯嘎嘎，咯咯嘎嘎
可没人告诉我它们为什么会发出一阵阵笑声
“子非鸟，安知鸟之乐”
不知是成功求欢还是捕到美食后的喜悦

发　光

宇宙很神奇，一点不假
莫名其妙，甚至不可思议
月亮和地球不发光
太阳发光，但太热，无生命存在
月亮上面黑乎乎寸草不生
还是地球好，因为大气层
我们有雨有水有草有鱼有肉
可地球就是不发光，除非
火山爆发，野火，闪电
以及人类发明的电
在很深的海底，有些生物
见不到太阳光，那又怎样
它们索性自己发光，照亮自己
我也发光，我发的是暗光
就是你看不见摸不着的光

蝉　壳

这是一个蝉的经典，潜伏了一年的杰作
天地之间留下的真实，不是影子的影子
除了泥土与树，你别无所求

这一个完整的模具，而你的真身
夏日的歌者，一次次脱身为一次次呐喊

我像你也曾有印迹，每一次的人生经历
扭扭歪歪，不如你如此的完整无缺

千张面万张脸都阅尽
仿佛千朵云万朵花，而千山万水之中
如何留住特别的你，我的唯一

偶然回眸，你却早已虚空

在一个地方

吃完炸鱼薯条喝了啤酒之后，傍晚，我们在海堤漫步
曾经繁华的渔港如今只留一根根木桩立在水里
伴着青苔与野草以及不知名的野花

海堤上土红色生锈的两道铁轨横在一排排木轨枕上
杂草丛生中的小野花装点着斑驳的一段旧时光

一簇簇带刺的野黑莓疯狂长在铁路的两旁
我谨慎耐心随手摘下熟透的放进嘴里
哦，暗紫色果浆正好消化肚中的炸鱼薯条和啤酒

来，顺手摘下粉红色的黑莓花，对着手机镜头
搭配对岸边水波荡漾里面朝大海的房屋
去增添一点情趣与理想中的美感

站在简陋木桥边上远眺青山和蓝海中
一动不动的红色轮船
微醉的海风，流金的夕阳，天地间游动的我们

世间有多少人在祈求上苍的垂怜与眷顾
多少人又把希望种子深埋，企望来日发芽生长

此际没有思想，只有海鸥时不时地在我们头上飞行
偶尔听到海狮发出一阵一阵自远处传来的“噢噢”声响

我去看海啦

选择一个气候适宜风和日丽的日子
去感受一下海的味道，海的脾气
当然，我只能在有限的时空里
在大海的某一角落
坐着，躺着，走着，甚至湿湿身。大海
有太多的传说及故事，比如
谁都驾驭不了海的博大的胸襟
海能吐纳日月，并不求回馈
海很性感，雄性之美，阳刚之气
也有女人一样孕育生命的伟大情怀
每一天，海水无不波澜壮阔
涛声不绝，潮起潮落，这种运动力
不停息，可我只想在海温柔之处
动情时刻，让海拥抱着我
抚慰我，娓娓述说些浪漫的事
我要看看海那一种不可抗拒的蓝
蓝色的舞台，海浪在舞蹈
浪的形象，翻卷的云层般的美波
我要看海那原始般的冲动和耐性
软磨硬泡把石头揉成一片沙滩

瞭 望 塔

去一个地方，登高望远
在无限与有限之间徘徊，思量

海望角的山顶上有现代人新建的
一个十几米高的圆形烟囱形状的瞭望塔
塔面从底层至上塑画了上百年的
原居民生活及后人发现并开发它的简史

谁说“前无古人后无来者”，我这不就来了
顺着螺旋状的铁梯子，我爬上塔顶
四周极目，远海远河远山哪个远与近
感觉风有一点大，有点儿天旋地转

身临其境目光所视的东西储存在手机里
徐霞客没到过的地方，呵，我来过了

我看见雄鹰在我的眼底下自由翱翔

当我老时

我应该时常到海边居住
看海那永不走失的样子
潮起又潮落，海有我年轻时的豪迈
使不完的力气，毫无退却
有一心扑向礁石的未来

海一直有我的心潮澎湃
无边无际的思想，山川河流容纳着
海底有我闪烁的人生智慧和宝藏

跳舞的鱼群，美丽动人的身段
逐渐远离了我模糊的视线
沙滩上海岸上，涛声不息
海鸟也会给我带来更多的惊喜
徐徐的海风夹杂淡淡盐咸味
柔软的沙子覆盖着我，正好睡眠

大海是宁静的
而我身边的海总在喧闹着
仿佛总有我说不完说不尽的话
天空听得见，雨水听得见
山听得见，航船听得见，你也听得见

看，红色的太阳从海上升起
看，白色的月亮从海上升起
燃烧滚烫的一颗心
洁白如玉的一颗心
它们轮流在海水里浸泡
周而复始地歌唱我的恋情
歌唱我年轻时的灼热与纯洁

海是一匹不知疲倦奔跑的白马
海是一只无拘无束飞翔的蓝鸟

大海，我又来了
我想骑着白马，我想乘着蓝鸟

船 长

在一个仅有几百年的小镇上
一位船长留下的别墅
成了历史不长的博物馆

半山腰上，三层木质结构
望海临街，后院侧院，草坪，凳子
小鱼池，年长的杏仁树，一棵侧柏参天
七八间卧室，想象中的船长子孙满堂

无论是远航，运输还是作战
风平浪静，惊涛骇浪
船长有一个期盼的港湾，有他的儿女情长

一栋古老的精致的楼房
背后一定藏有鲜为人知的主人的故事
这位船长毫无例外
他的楼房由络绎不绝的参观者供养
他的故事连同这小镇的历史将慢慢流传

梵高之死

梵高梦见另一个梵高
他顽皮，玩世不恭，不听话
于是把他的一只耳割了下来

梵高又梦见另一个梵高
他高大丑陋，嘲笑蔑视着
他的穷困潦倒，于是
愤怒的梵高朝他开了一枪

一个真实的画家就这样死了
一个虚幻的梵高活着，活到现在
而且还会活得很长，很长

惦　记

我家南侧墙角边一棵葡萄树
今年长满了一串一串的葡萄
翠绿色的，现在逐渐变浅红
我家这棵葡萄树呀
先是被野鹿惦记
后又被鸟儿们惦记
最后轮到我去惦记了

向日葵

当向日葵成熟的时候
便垂下了它的头颅
一副忍辱负重的样子
我也时常低着头
可我不是因为成熟
而是
对某种理念的沉思
与愧疚

卡波圣卢卡斯

冬天，我愿意在卡波圣卢卡斯待着
在那港口码头闲逛，在海边发呆
那里气候宜人没有冬天
海水蓝得透明，鱼儿随处可见
圣卢卡斯角的石拱常打开
爱情滩里寻找你失落的浪漫
海鸟在天上盘旋，漂亮的游客如候鸟
衣衫如羽，让人目不暇接
随便找一家小食馆一坐，向热情的服务员
要一杯当地的啤酒和一杯鸡尾酒
慢慢品味这里的海鲜，慢慢消磨时光
有街头乐队为你演唱
冬天，我愿意在卡波圣卢卡斯待着
不想离开，只愿在那儿流浪发呆

蒙娜丽莎

你没有打过一次江山
未曾开口说过一句话
也没留下甜蜜的
或豪壮的言语，也没有留下
什么著作和财产
达芬奇用笔把你留在画里
挂在卢浮宫的墙壁上
哦，蒙娜丽莎，凭什么
你比女皇还女皇
世界各国多少人来看你
排长队，我也慕名而来
奔着你神秘的微笑而来

一幅油画

华盛顿国家艺术博物馆走廊的一幅油画
吸引了我，在此画前停驻的时间
超过那些如雷贯耳的名家
高更、莫奈、马奈、梵高、塞尚等的画

惊叹出自一位二百年前的画家
一位少女栩栩如生，跃然墙壁上
樱桃嘴瓜子脸，黛棕色头发
伴着黛棕色的眼睛，像是东方女子
她肌肤白嫩略透粉红，饱满的身段
披着轻纱，我似乎看见了远方的梦
如山间小溪流淌，还有芬芳的体香

想象她曾坐在画家面前，经过多少时辰
不同的位置，多少表情，才留住真实
那是怎样让画家的笔欲罢不能
又如何获得画家亲昵的叫唤呢?
蒙娜丽莎般的迷人，圣母玛利亚般的纯洁

她是什么身份，表情略带一点忧伤
富贵家的小姐，还是仆人家的女儿
她如何身色倾尽，让才华横溢的画家
将她的美及对爱的渴望全面地展现

想象她很可能早已子孙满堂
这幅画却几经转手，经历世间几回战乱
她的真身早就荡然无存
幸运的是画家、收藏家将她生命的香火继续点燃

想象她坐在简陋不堪的画室里
浓色油脂沾满地上，桌上，画家的衣服上
这反差衬托着她莲花般的迷人
真正的出淤泥而不染

她丰满的酥胸，让人目不转睛
人性的典雅让欲望出窍，唯有忘我
灵魂才得以升华

多少人希望她从画像中走出来
与他们有一个热情的亲吻和拥抱
不瞒你说，我也这么痴心幻想着

私　奔

近来闲暇的时候
读些中外的，年轻人的
成名未成名的
去世的人写的现代诗
许多场景，意象让我心潮澎湃
我忍不住把这曾经的爱好
——写作，重新拾了起来
仿佛跟心爱的女人
私奔了一回

我们给过大海什么

大海是无私的
它给我们雨水
给我们蓝色的风
给我们金色的沙滩
给我们鱼
给我们盐
给我们远洋
给我们无穷的想象力
而我们回馈它的
却是污水与垃圾
一想到这些我感到有点抑郁
心里头就有点说不出的滋味

诗歌女神

印象中你对我总是躲躲闪闪甚至羞羞答答
你的拜访为什么有意选在我半睡半醒之间
来时像儿时捉迷藏似的有时无法让人找到

你若冬天来是否许我烧把火为你取暖
你若夏日来是否容我摇着扇子为你消暑
你若秋天来是否让我采束菊花为你添点芬芳

你轻盈地到来未曾通知或暗示好让我有所准备
虽然我没有能力召来雷鸣和闪电隆重地欢迎你
你若乐意我可以打壶西湖水为你洗去一路风尘

你来时我们可以闲谈聊天不必那么拘谨
我为你点上一根蜡烛沏杯茶再端个凳子让你坐
放上几首曲子不管中国外国无论古典现代

你的突然告别更让人伤心无可奈何
几滴泪水自然无法挽留你年轻而高傲的心
学雄狮几声痛苦吼叫那也只能把你惊吓

你想让我剪来彩虹作围巾系住你
你想让我移动大山当门挡住你
那全都是徒劳的更何况你总是不辞而别

你从何来又将到何处，是那遥远的诗国吗
我曾幻想你若专程探望我那该多好啊
如今我终于明白你只是随风而来随风而去
给我一个兴奋、一个痛苦罢了

踏雪的人

雪降临
万物披上了白色的盛装
肃静，庄严，祥和
蓝色，阳光，白雪
踏雪的人如踏春
伴着清新透明的空气
踏雪的人心里甜
脚踩着一片白砂糖
树上有雪挂，熟悉的小道
依稀可见动物
夜间出没的脚印
踏雪的人心高气傲
愿意在雪地走出孤独
一条脚踏的雪路归自己
踏雪的人自言自语：
“雪是上苍馈赠人间的洁白礼物”
踏雪的人踏出了心底的雪
与世无争，将雪捧在手里
捏个雪球，孤芳自赏
但踏雪的人并未产生幻觉
自己踏走如雪地的王

简　单

我们一家人开车送小儿子
到山上一个公园参加跑步活动
山上正好有一台钢琴
大儿子即兴表演
幸福就是这样子
天很蓝，云很白
山上的野草一片金黄
蓝花，黄花，红花点缀在草丛里
小儿子在飞跑中
大儿子的钢琴声在山中悠扬
我手机随拍，伴着微风随便写几句
人生的幸福有时就这么简单

收 藏

该收藏的都收藏了
天上的星星，远古的兵器
现代绘画，灭绝了的动植物标本
无论天上掉下来，还是地里挖出来
水和雾，太阳神与月亮女
丑陋和漂亮引起轰动效应
神奇，诡秘，奇迹，膜拜
一代又一代的记忆都保留在那里

我也有一个小小的博物馆，珍贵得
如同国王的印章和女皇的皇冠
可惜不售门票，只对我自己开放
当我死时，我的博物馆
随即土崩瓦解，风消云散

在海边

在陆地待长了
我总想到海边走走，湿湿脚
捡些漂亮的贝壳
到海边吹吹风，听听海浪拍打的声音
看看远处的岛屿及近处飞翔的海鸟
可爱的小朋友们开心地在沙滩戏水玩耍
追逐那不休止的浪花
拍几张有趣的照片，看
夕阳从海平面上缓缓潜入海底
在海边无所事事一天过得真快
在海边，我从来不思考什么
感觉非常轻松，懒懒的
仿佛生活塞给我满满又沉重的，不易消化的
通通丢在了大海
大海收纳我的腐浊与戾气
我又把海上的风光带回，慢慢领悟
又慢慢地回味

冬　记

幸福就是这样子的
阳光很灿烂
天空很晴朗
远处有连绵的青山
近处树木宁静
冬天的院子里
靠南的房间
年近花甲，健康的我
正晒着太阳

我又想起海了

我又想起海了
想起你那白色无边的裙摆
你的蓝我无法形容
不知你蓝还是天蓝
更不知你的深你的厚你的广你的阔
海滩沙子金黄又细又柔软
我不忍心用脚踩，有时
索性躺下晒太阳
看海鸟在海上寻找它们的食物
海风徐徐地吹来
远方的航船好像在启程
还有什么好抱怨吗
好像有好像也没有
只是我现在不记得了

我又想起海了
想起你举起一双双白白的手
想你露出无数颗白白的牙
仿佛你甜美的微笑
印在礁石上，哦
海浪一次一次翻卷如你起伏的胸脯
如你醉人的心房
我睡着后，再次梦见
梦见你的洁白，你的无限的蓝

小　鱼

我是大海里的一条小鱼，游啊游
有幸逃过鲨鱼的大嘴，无数的风暴
在风平浪静和风细雨里
我看见过乌贼吐出墨汁
章鱼伸出无数只手，张牙舞爪
看，那只螃蟹张开它钳子般的手
咔嚓一声，把争食同伴的脚剪断
我躲避过扑向我的渔网
鲜美诱饵，还有鱼钩
在大海游啊游，我寻找过伙伴
和不吃同类的鱼群在一起
偶跃上海面
我是大海里的一条小鱼，四处游荡
生在海里活在海里也将死在海里
回头是岸？不，我是鱼，回头无岸

小　鸟

我是一只小鸟
就算半死不活
我还要继续歌唱
尽管有狂风暴雨
我还要继续飞翔
我会抖抖身上
被吹来的尘土
再次清清嗓子，不为他人
我为我自己而歌唱

又见向日葵

如果可能，我要去趟荷兰
参观一下梵高的故乡
想象那里一定有一片盛开的向日葵
今天，我在这儿看到一株
金黄色的向日葵
我又联想到了梵高的画
梵高如同一株活着的向日葵
时不时让人提起

风的嘴唇

风没形没样
风口在哪里？
狂风，热风是男人
和风，温柔的风是女人
男来女往，风来风去
没有我的日子
你吻的
仿佛都是风的嘴唇

游　子

一辈子没走出山里的人对山最亲
一辈子没离开海边的人对海最亲
我是一个游子，这辈子进过多座山
去过多趟海，我一直在努力呵
——努力对高山大海亲切起来

乘坐游轮

太平洋中央有我乘坐的游轮
四周茫然，除了远处海上天际线
天穹，太阳，云层，海水之外
没有大陆上的花草树木
除了海洋还是海洋，甲板上
我感受了海风和游轮的航行

游轮像是海上移动的宾馆
当游轮航行时，我体验到了房子
小小的晃动，如大陆上的小地震

游轮掀翻了深蓝色的海洋
海水露出白皙的颜面和肌肤
千万朵浪花绘成了你想要的图案
我看见了一张张人的侧脸
如白色的油画

我感受到了我平常没有过的感受
太平洋上空荡荡，太平洋没有尘埃

巴黎，我还会再来

塞纳河桥上的同心锁
我还来不及细看细数
河上的红嘴海鸥我还没喂过
巴黎春天暖风还没吹过我的脸
还没吹过我浪漫的胸怀
学几句法语，吹着口哨
沿古老的街道东张西望
我要静下心来，细细品尝
法国葡萄酒，巴黎美食
我要把莫扎特，莫奈，巴尔扎克等
名人的故居，博物馆，逛遍
再次来到埃菲尔铁塔看黄昏
看夕阳慢慢将塞纳河染红一片

我　愿

如果大地重塑一座山
我愿是山中一颗树种
等待千年后重生
经过大雨狂风骤雪的肆虐
阳光的暴晒，我复活了
我成了一株大树，我的种子随风飘散
大山深处有我绿荫掩映，那时候
我轻轻的树影永远飘印在大地上
万种生物每日围绕着我
生儿育女，自由歌唱

老　人

眼前一盘又肥又香的熟肉
他要戴上假牙

盛夏，炎热的风
正吹着他的慢慢愈合的伤口

深居简出，冬天紧靠火炉
他把美好记忆当木炭放进炉里
不停地燃烧，回味
天上下雨打雷，他无动于衷

如今我就像这位老人，甚至比他还老

卖花姑娘

都市繁华街道，出售鲜花的小亭
一位少女在剪枝，插花
有人问价有人买花，她对付如流
我想起小时看过朝鲜一部电影
《卖花姑娘》，看着让人哭的电影
人家沿街叫卖，风雨无阻
眼前的姑娘，文静，时不时低头微笑
花多，艳丽，不知花美还是人美
同样卖花，命运却如此不同

一 起 飞

请不要问这严肃的问题
鸟儿为什么总是要飞
成群结队，从东到西从北到南，日夜兼程
胸怀大志，成名成家，它们不懂
它们认识群体，且知冷知热
一边嬉戏，寻食，逗乐
一同歌唱，它们害怕和承受不起，害怕被伤害
它们要飞，飞到安全的地方落脚
也谈情说爱，然后
生儿育女，继续寻找不被打扰的
理想的目的地，直到有一天
再也飞不起来，再也飞不动

我的婵娟

如果说丑陋对漂亮是一种刺激
那么，贫穷对富裕，黑暗对光明
罪恶对善良，愚昧对文明
虚伪对纯洁，战争对和平
疾病对健康，死亡对生命
邪恶对正义，谬误对真理，啊
一个有限的生命要面对着无限的刺激
这分明是破碎了的对圆的刺激
今日中秋，我要把被我咬了几口
残缺不全的月饼，对着后院的圆月
这是在干吗？我要去刺激她
哎哟，我的婵娟，我的疼

往　事

记忆中的那种恋情形式不多
随意空泛的未来，滔滔不绝
车水马龙无视，静默少语
一颦一笑青春多唯美，话故里
一种纯粹，自内心而发
凝眸皎洁如月光，经典风俗追逐
山高水长，重复并非虚拟
暗香来自书页，典雅首肯
一点一滴，矜持如风吹而过
言由衷，滔滔不绝
初生牛犊，出水芙蓉
那一刻，我们
被时光锁定，永无解码

十 七 岁

“我们都是过来人”，从哪来?
从云端里来
那儿有彩虹也有闪电
从海底来
那儿有五色鱼也有鲨鱼
或扬鞭策马，风吹草低
烽火与家书，声声慢
哪是你最想听到的一首歌?
从冬天走到春天，从夏日到秋月
前面还有不知多冷的冬天
我想给十七岁的我说，你好
青春如火如荼，热血奔腾
现在的我，风尘仆仆一路走来
一切回不到从前，唯独骨头还没变

父 亲

我父亲一生爱好饮酒
却未见他喝得酩酊大醉
饭前一盅小酒，慢条斯理
有一年，我送他的一瓶茅台
他一直留着舍不得喝
父亲过世多年后
母亲从冰箱里拿出
那茅台酒只剩下一个空瓶子
我打趣地对我母亲说
“那酒就算是被我爸喝了”

第三辑
那一天

那 一 天

当我老时驼着背，背着锅
双手搭在背后，在太阳底下挪动
远远望去，我的影子
如同一只在地上漫步的乌鸦
哦，我的双手曾是鸟的翅膀
生活如水思想如空气，我
不曾停顿过我的双手，如今老了
挥不动我的翅膀
上不了天堂，也进不了地狱
佝偻的我呀
如同一只虫子等待被早起的大鸟吃掉
希望，吸纳着我血肉的这只大鸟
继续活在大地继续自由地在天空翱翔

依 旧

我老了，但我爱的世界依旧年轻
那些被风吹雨打的记忆异常清晰
它们依旧承载着我的梦想，依旧芬芳美丽
我渺小，没给人带来过多的烦恼和过多的幸福
没有什么值得痛恨，也没有被人痛恨过
所以，我老了，我的世界依旧平静
在喧嚣的尘世里依旧过得心安理得
我老了，但我爱的世界依旧年轻
因此，我所经历的一切依旧点到为止
不过分索取，而那些深藏着的依旧是我的秘密

爱 恨

人生路上
你我不约而同
年轻时气盛，荒唐
中年奔波，执着
快乐与悲哀，不回头
但，如期而来的
不外乎，衰老，死亡

无论蛮横或抑郁
岁月比你我更不讲情理

可我始终记得有谁曾说过
“恨我的人还未出生”
“爱我的人呀，没有来世”

白红双色茶花

不要跟我急说你义无反顾
说你真心实意，这是白纸红字
不怕交头接耳细语

如果明了，还需躲闪回避
已经三月，人面桃花，花自容
天际远，人咫近

一件心事两种迟疑三尺情结
谁轻意谁绝断谁痴心
一部红楼一页春梦如是读阅

花开一次你我衰老一年
往事可以忘掉不宜嘲讽
心跳一刻血潮未止，请闭眸

人事心事时事事事经历
唯独双色艳彩勾我魂魄
拿酒来，遥愿一庄醉了的青春心事

让别人笑去

致

秋天里的树该黄的黄了
该红的也红了
红黄的叶子挂在树上很美
落到地上也很漂亮

今天我踩在如此美丽动人的叶子上
仿佛我们年轻的情感
彼此践踏，现在老了
只剩下光秃秃，粗糙的树干
可怜巴巴，偶然想起

“我已远行
愿我们各自安好”

真实的祝福，也是无言的结局

不　同

一棵树倒下，自然老去或被砍
它有许多用处，烧火盖房做家柜
当桥梁，当枕木支托铁轨
可惜木头不会说话，同样
一块石头可以当建筑材料，铺路
也可以被雕塑成艺术品
碎石可拌成混凝土，但石头不会说话
在别人的眼里，我还不如木头石头
甚至一文不值，成就不了所谓的栋梁
可我仔细一想，唯一与其不同
胜过木头和石头，我会讲人话

秋

一年中最美的季节
什么都拥有了，仿佛
一位成熟中年男人
家里有位美丽贤惠的妻子
几个活泼又天真的孩子围绕着
一栋房子四周充满了阳光，呵
快乐的家庭，幸福的秋天
想象中，他还在写诗

照　样

我在地球的某一个角落
现在似乎每天都感受到落日光景
有时候我对它近乎有一点不敬
它成了我手机随拍的玩物，没错
在阳台上对着西山的谢幕者
无论羞涩或依依不舍，成了
我手机上一成不变独一无二的主题
气象有时的确变化万千哪，试问
什么样的比喻何曾不得体过
落日如同日出仿佛与世间的兴衰苦难无关
无论我在手机上调色涂鸦如何赞咏感慨
若有阴云密布，电打雷劈，或细雨绵绵
想象它依旧在地球边上高高挂起
依旧轻轻放下，拉开夜的帷幕
书写光明与黑暗的篇章，千古永恒不变
你说它怒目圆睁，专横跋扈
说它独具慧眼，一意孤行，独一无二
膜拜也罢赌咒也罢，人们爱恨交加
可它照样来去自由，我行我素
照样红光满面，奈它如何？

问春光

还需问春天是啥样？
春华秋实，华丽在先
鸟语花香，鲜花可观可嗅闻
鸟儿叽叽喳喳，飞来跳去
鸟多色多情易见却难接近
春风是得意的，春光是明媚的
土地等待播种，有的已经
跃跃欲试，破土而出
一年四季在于春，春是开始
树木在发芽，草变得青绿
动物懂得如何打情骂俏
传递人类似懂非懂的言语
雪融，冰破，叮咚泉水
小河流淌鱼儿追逐小蝌蚪
人嘛，可以甩掉冬天厚重的衣裳
轻装上阵，忙碌或玩赏
万物复苏，一切都是公开的
春天到底还有什么可保留
有何秘密心照不宣，对谁？
我想不通，为何有这一说法
春光乍泄，你究竟乍泄了啥？

泅　渡

我若是海，海，风平浪静或者汹涌澎湃
海那么辽阔，海又如何泅渡自己

我若是河，河水也有干涸的时候
此时见我，如见一条冻僵的蛇
我若是树，树有枯萎凋谢之时
树叶盛茂未见你，现在枯树一棵

我若是星，阳光灿烂时你看不见我
在何处，夜晚朵朵乌云遮住了我
我若是草，也许正被人踩在脚底下
我若是鸟，呵，一只飞不远的鸟
不如鹰一样带你登山，飞越险峰

我若是虎，被困笼中正在愤怒挣扎
我若是剑，久未上战场，剑已锈
我若是王，那也是楚王了
“时不利兮”的那个西楚霸王

我若是英雄受难，请不要怜悯我
我若不是英雄，更不用同情我

我就是海，海，风平浪静或者汹涌澎湃
海多么辽阔，海根本无法泅渡自己

安　排

又轮到季节的更替
从春天到秋天的中间
这夏日的停顿，一个
久违的火一样的撕裂

想起南国那年等待的一场大雨

难以解读天边云朵变幻的面容
仿佛总要等到秋后才有了结
年复一年，一切不断在成熟
一切是否经得起岁月折磨
更何况人心，铁石与温柔并存

听，雷声又响起了，仿佛
大地又拟了一场新的安排

反 刍

雪美于雨不在它的形状而在冷与慢
一个两极分化的水可柔软可坚硬

我们生于南国漫步他乡名都的江边
一种情感弥漫在起伏不定的江面上
时光的流淌如人群，一转身
熟悉又陌生，你一席轻盈飘逸的长发
把风吹短，将青春的梦的影子拉长

自怨自艾的江南雨，你是老虎我是牛
你忘了，我对我们的经历时常反刍

青春断想

青春像一列火车，没等你回过味，呼啦啦，飞驰而过
赶上另一趟，再轰轰烈烈一次？可惜这车票只供一次性使用
过期一律作废

青春不可能是一条小河
什么潺潺流水，还波澜不惊
青春是一头野牛，横冲直撞，不可能前怕狼后怕虎
要的就是那股冲劲

青春不是交响曲，也不是古典音乐，应该是流行曲
与时代紧密相连，太多太多的追风，也伴随着种种叛逆
更多的是朦胧与憧憬

青春应该很嫩很脆弱很容易受伤
像一只只放飞的鸟
世界对他们如此吸引并逗引他们的种种好奇
青春里幻想的世界，比外面真正的世界更加美妙、神奇

青春一定是模糊的
因为他们还没成熟，像农作物
青涩，向上，茁壮而充满生机，既是希望也是未来
青春是情愫无处释怀，来不及迟疑，也无法拒绝

青春不是苦酒也不是美酒，无法令人沉醉
把持方向的定夺，如同天上的云飘浮不定
色彩斑斓和变幻多端
如花绽放，绽放之后，将永无花期

青春似火照着你和我，一群同时代同年龄的人
无悔的年华，火的源头，人生开始的前沿阵地
只顾耕耘，不问收获

青春是人生的一道亮丽羞涩的风景，可惜
任何人都无法复制与还原

空

天空真的很空，啥都没有
白云衬托蓝天，一团一团
千姿百态，万千气象
阳光明媚，万千来自云彩
云的背后，深沉，此时若下雨
将有七色彩虹
时有雾霾，凝重，打雷如发脾气
当然，不时还有鸟儿飞过
夜空有繁星，眨眼，月圆月缺
流星雨，北极光宛如海底世界
斑驳五光十色
天空不空，空气也不空，哪有缝隙就往哪钻

在黑暗中

当某种黑暗来临时
有人像星星像月亮
有人像电灯像火把
闪天性光发天性热，可惜
有人趁着天黑偷偷摸一把
甚至扇阴风点鬼火
生怕别人不知他的存在
如同魔鬼出没
有的人像我一样
辨别不清萤光，磷火
最好在黑夜中等待
或选择闭嘴，默默
为不幸的人们祈祷
要相信，天一定会亮的

剖　析

从前，我善于狡辩，甚至诡计多端
心中一团火，烧得莫名其妙，别人看不见
没能感动我想温暖的人
如今，覆水难收，惭愧，对生活这一考卷
我拿不到满分，虽立足于蓝天白云青山绿水间
我还不如一些飞禽走兽
没有它们飞翔的美丽姿势
以及，它们奔放有力的体态和优雅嘹亮的声音
取悦于他人？面对这种质疑，我真的无言以答

水　火

人生本来就是一首
无理又淡淡忧伤的歌
有鲜花也有鲜血
你可以向左
我怎么不可以向右
不见得谁对谁错
都是水，不见得会流到一起
天上的云雨打架
地上有活水，也有死水一潭
无风不起浪，可我
无风三尺浪
小河不满，可大河不见得都干
江湖本就牵强附会
是呵，无限风光
别忘了高处还不胜寒
水火不相容，那么
我们就火上加油
我说磨刀霍霍，你怕了
我磨刀霍霍向牛羊

驿　站

人来到世上
不外乎玩玩
溜达溜达
尝尽人间辛酸苦辣甜
热闹之后
有人腻了
有人依依不舍
有人干脆拍拍屁股
曲终落幕
地球实为驿站
有生有死，人来人往

尘　埃

蓝天下远看天上飘动的云朵，我想
是我在变迁而不是时光在变迁
是我在流逝而不是光阴在流逝
是时光浪费了我并非我浪费了时光
是岁月教育了我并非我教育了岁月
是大自然养育了我而我养育不了大自然
大自然可以毁灭我但我毁灭不了大自然
不是吗？草木一岁一枯荣
我在蓝天下看着天上飘动的云朵
它们像一尊尊人间移动的各种浮相
随时变幻又消失，如同
我曾做过的梦，一个痴心幻想者
什么悲颂，赞歌，夜曲，抒情，咏叹
什么过去，传承，罪孽，哲理，预言
什么光荣，国度，肤色，鲜花，野草
是的，我只不过是在大地上暂且能吃能喝
还有一丁点情感一丁点思考的尘埃罢了

为 伍

我被夏天的花草树木包围着
这是我的意愿，当一阵雨过后
一些新鲜的果子渐渐膨胀，好呀
它们在阳光与雨水中长成
造物主赋予人类的择优权
植物用它们缤纷的色彩表达
风中摇曳着它们应有的情愫
不同的身段姿态，花开花落
饱经风霜的人最能读懂它们的心事
在离世之前，我愿与植物为伍
鸟语花香而心旷神怡，真的
在无是非的自然里，回到最初的语言

雨和雪是云的子孙后代

云从海上升起来
从海里吸足了水
不带一点苦涩的盐

它们不辞辛苦
漂洋过海，翻山越岭

云知道它们自己的使命
委婉，深而不露

云的心很软，很厚也很薄
厚的像棉被薄的像轻纱

云和云聚在一起
悄悄地说着它们的故事和秘密
忍不住把阳光挡住

云善解人意，俯下身子
高兴时哼着曲子
愤怒时打雷闪电下冰雹

云是魔术师，让自己的身子
变幻，莫测，多端，无穷

世间其实没人能驾驭得了云
它们承载着太阳的多种色彩
白色为基调，偶尔露真容
好比那迷人的彩霞，太阳的血

云悬头顶上不肯轻易散去
无论你的心情如何
今天的云向昨天的云告别

云飘浮不定
一生行走在天地之间

一朵云像你像我
有过相似或不相似的经历
从朦胧，气盛，膨胀
然后淡定，从容，直到消亡

雨雪柔情，我躲到屋檐下
让更多的雨和雪洒落在地上
万物生长复苏的地方

云从哪来还归哪去
洗涤尘埃，纯净万物灵魂
当它们完成了它们自己的使命

哦，雨和雪是云的子孙后代

时　光

每个人都有自己的好时光
那时光如同你强健的体魄和俊俏的脸蛋
谁不喜欢到热闹的地方行走
东望望西逛逛，伴着不冷不热的气温
那异国的山水，风情，奇装异服
异国奇妙的禽与兽，伴随着美食
历史文化古迹，太多太多
或者，到不同省份的景点走走
到语言相通的人群里混混，来点小吃
在有限的年华里，忘掉生活中的烦恼
颇有感触地消磨你的时光
而这时光留在相片里，偶尔翻翻
定会勾起你记起那一段段好的时光

一　叶

一叶除了常传的
一叶障目，一叶扁舟，一叶知秋
菩提之外，一叶还可撩色
展示品种，做草药
当作画，遮风挡雨
还可以一叶盘餐
当令箭，做书签
为乐器，吹出美妙的声音
一叶生长，死亡
传情，甚至燃烧
一叶呵，一叶
一叶飘落，一叶诗歌

主　义

欢乐主义的向日葵
拼命地伸直了脑袋寻找一线光辉
使劲地茁壮成长，笑嘻嘻
迎着风，迎着雨，迎着太阳

理想主义的向日葵
除了留自己一点种子，把所有的
无私地奉献给了鸟儿，陪伴
人们茶余饭后，消遣娱乐
我甚至看到一群蚂蚁抬着葵花籽
步履艰难如抬棺材一样爬进洞穴

现实主义的向日葵呵
你让一名默默无闻的画家死后
成为真正的千古，永垂不朽

雪的村庄

想象中的一场大雪
下得浩浩荡荡，铺天盖地
如雾茫然，无视我的远方
万物屏住呼吸，雪如白色粉尘
再次刷新刷白了北方的世界
一场大雪，可能蓄谋已久
千军万马兵临城下，血性的
雪豹野牛随大雪奔跑而起
雪落在它想要落在的地方，如勇者
肝胆涂地般的架势，所向披靡
一场大雪来得及时，干脆利索
封山封路，大雪封住我的村庄
也锁住我痛苦的喉咙，让我的村庄
沉思默想一整个冬天，呵
谁在大雪之上，指点雪花飞舞
又是谁指挥，雪奔向何处
雪洒落储蓄着的生命之水
主宰了北方大地上的万物
大雪之后我的村庄脱颖而出
大雪之后我的村庄亮出天堂

火　车

满载形形色色，火车将在始发站与终点站间驰动
有人盼望有人犹豫有人动情挥手
一列火车，一段旅程，一次机遇
轰轰烈烈，想象中的赶集场
叫卖声中的快乐和热闹，你收获了什么？
众声夹杂不同的地点，白日与黑夜
在响亮的汽笛声中停启停落，上上下下
满足了你我的抵达和远离，走近梦境或逃出幻觉？
一路欣赏窗外跳动的风景，不疲惫的明天
似是拒绝悲伤痛苦？时间讨旧情，未来赌青春
命运好似一条河终究流向已知浩大无际的海
一列火车则似流动着的岁月
你将自己驶向何处，何处是你的归宿
记起年轻时一列火车向我驶来，既没有轨道，也无终点

波特兰

窗外有些景象是固定的
远处有起伏的山峦
青色的峰顶覆盖着白雪
近处有高低不同的建筑
一条河流穿过城市，我呢
在依山傍水的另一侧山头
看到窗外这些景色在变动
晴天阴天云多云少或雨或雪
天上有鸟和飞机飞过
大小车辆在跨桥上行驶
这是一个四季分明的城市
时下进入深秋，一些树
叶子变黄变红，有些开始飘落
叶落一次树大一轮，我嘛
闲暇时，手机随拍河边溜达
独自写诗，自言自语
又虚度了一年

画　画

如果可以，我将我的余生用来画画
我不画山水，不画名胜古迹
它们只是用来游玩的
我也不画美人，她们只能欣赏
美人看似简单，可她们呀
如云朵漂浮不定
如湖泊起伏跌宕
我不画天也不画海
我画不透它们的蓝，它们的广阔
星空灿烂，由黑夜衬托，复杂
不好把握尺度，适合瞎想
而太阳的光芒，霞光万道
我只能赞叹，无处入手
然而，雪和雨一冷一热
好比树木的生长凋落
花草胜败一喜一怒，不易调色
请告诉我，谁能画出空气画出风
认真思索，我决定画熟悉的自己
学画一个印象派模糊不清的轮廓
再画一个当代学院派的半油腻
绅士优雅的样子，想画我也画不像
好吧，自由派，独立派自成一体
画一个不自量力的中年男子
拒绝涂鸦，从画的图案及着色角度

表达一个半真半虚不恭不肖的姿态
年轻时嘴里叼根烟迷茫困惑的我
如今手里拿着的手机替代了书和笔
设想未来的某一天，我拄着智能拐杖
一副不为衰老而感到悲哀的模样

样　子

从我们出生开始，大自然就已经存在
天地是什么样子就是什么样子

到秋天了，秋天就要像秋天的样子

在北方，大雁成群结队从我头顶飞过
发出阵阵我听不懂的叫唤声，树叶
像雪片一样纷纷从树上飘落下来
枫树橡树如出嫁的女人换上红色的衣衫
走在金黄的树林中如同走进皇宫

几场秋雨，远处的山峰已经戴上白帽
此时太阳升起落下总是笑眯眯的
抹去盛夏的炽热暴躁，显得格外和蔼可亲

河水清澈明亮，映衬着两岸树影
静静的有如江南景色秀丽的样子

北方的风是什么样子？说无形也可
有形也可，随云移动还伴随树木的响声

石头你不动它，不敲打它，还是原来的模样
我是啥样？历经风吹雨打，岁月洗礼
现在只剩下空气一样存在着，可至少
我已不再显得一副自作多情的模样了

碑　文

真理与谬误喂养
光明和黑暗左右

在善意和谎言中长大
抗争与叛逆的旋律中
灯红酒绿的世界里
气喘吁吁挑着半桶水

啊，自由如同小草
还在风中不停地招手
而我呀，早已无影无踪

黄 昏

当我老时，我不再开车
不再乘坐飞机，不再风尘仆仆
当我老时，什么都可以离我而去
昔日的黄花，隔夜的风暴
只有记忆如同我的小狗
忠实地守候着我
我的喉咙已沙哑，也读不出
优美的颂词
我的双眼已经模糊
看不见眼前的世界
耳背，辨别不清现有的声音
唯有记忆如同天真的小鸟
在为我舞蹈，歌唱
当血色的黄昏渐渐暗淡下来的时候
我很平静地对我记忆的小狗说
“天黑了，走，咱们睡觉去”

都 有

世间存在着的任何一种事物
不论大小都有它们被赋予的价值
金子闪光，泥土长出植物
每一棵草皆怀有它的绿意
每一种花露出不一样的颜色和笑容
地上活着的每一种动物
都有他们各自的命运及使命
老鼠打洞，蚂蚁搬家
鸟会言语人会说话鱼会游泳
而天上掉落下来的东西
自然一定有它们的目的
除了日月星光，天上落下
每一滴雨水都有它想要的湿润
每一颗尘埃都有它本身的重量
天上飘下的每一片雪花呵
都有它应有的洁白，应有的寒冷

月亮背面

月亮背面
究竟有啥东西
有霞浦的光饼
西方的甜甜圈
圈圈内还有
想象中的熊猫宝贝

孤　叶

冬天，一片孤叶
迟迟不愿离去
还高高地挂在树上

如一面破旧的旗子
在风中摇摆
只是不肯向时节认输

生命原本短暂脆弱
谁留下这只神秘的手掌

仿佛，我看见对爱的眷恋
从最终的绝望，又回到当初的守候

夏　日

有谁记得自己走过多少路
渡过多少条河，到过多少地方
有谁可曾记得自己说过多少话
更改过多少次错误
夏日万物显得沉重，需要纳凉
问候是多余的，早该卸下面妆
等轻风，四处布满不眠的昆虫
谁想去拥有沙滩上踩下的脚印
太阳没有错，只是风月在疑神疑鬼
呼出的气体弥漫在空气随时消散
岁月节节后退如同我们的肉体
在夏日，我们真的一无所有
除了天边那美丽的夕阳和晚霞

远　离

远离的并非没有声音
自然是你听不见了
我在天空，看海如蓝色的地毯
看不见波涛汹涌的海浪
更听不到它哗啦啦的水声
我在天空，看见白雪皑皑覆盖雪山
我感觉不到雪山的寒冷
远离了身临其境的美妙
风不再是风，雨也不再是雨
远离了你，我不再是自己
那山中临近松绿的气味，夜晚的灯光
那些海滩上的细沙如珠，以及
一串串咯咯的笑声，抿着嘴
在热闹的十字街头
还有静静地在书店流水般览阅
远离了曾经你和我，该是怎样的无声又无息

一 种 爱

今年早春院里的李子树
跟往年一样，满树白花
正值花季，可一场大雪压枝
我心底预感今夏
李子肯定收成无望
这不，十来年的树龄
树冠茂盛，翠绿枝头中
只挂两盏红李灯
还有二三个绿灯待转红
微风中摇曳的红李子
待我拍照，欣赏之后
我会吃了你，是呵
仿佛一种爱，须拥有
如同年轻时的热恋
对爱的就要爱得死去活来

嘘

天上有神仙
地下有魔鬼
我经历神术和魔法
一边歌颂一边咒骂
我在神仙与魔鬼间
夹缝生存，呵
我不时地仰望星空
又不得不俯首人间

黑　夜

夜幕降临，该暗的便逐渐暗了下来
黑暗中，闪亮的登场，先从眼前的开始
更远的除了月亮，还有璀璨的星星
在凝重的夜色中谁的记忆最明亮
夜沉静，深夜哭泣易被不眠的人听见
昏暗中昏睡的只有梦可能惊醒他
无人注目下暗淡中我们又会收获什么
许多事情都是在深夜酝酿、谋策
动物与植物暗中蓄意生长如星星升起
而黑暗中埋葬的更多的是自己的影子
黑夜真像你年轻时的头发，乌黑发亮
神秘又垂长，黑夜如你眼睛一样深邃
你离去如同太阳落山，我的世界开始暗淡
虽然，一盏记忆的灯在我心中常为你点燃

喂

不一定要等到天黑才点上灯
不一定要等到满山遍野开满了鲜花才去迎接你的新娘
不一定要等到金秋黄菊替代了春花才去远游
不一定要等到海枯石烂天崩地裂才把你想要说的话说出来
不一定要等到离别的那一天开始依依不舍
不一定要等到家财万贯才去行善止恶
不一定要等到一道闪电划破长空才去拿伞
不一定要等到你读透人间的烟火辛酸苦楚才去唉声叹气
喂，我想说的是，不一定要等到我死时
你才流下你的眼泪，才到我的坟前放一束鲜花

疗　伤

我发现海惊人的自我疗伤力
在太平洋，我乘坐的一艘巨轮
划开海的皮肤，呼啸而过
拉开海一道白色的口子
一会儿海水愈合了它蓝色的胸膛
我在阿拉斯加州的海边，看见鲸鱼
跳出海面，空中翻转重重跌下
将海砸出一个大窟窿，一阵疼痛
海托起巨浪填补这个空缺
海面又立马恢复了平静
今天我在海滩上光脚散步，踩出
脚印如沙滩的伤口
海伸出无形的手，无私地把我造成的
痛苦和创伤，也一一抹平

孤　独

死亡是孤独的
孤独的人不怕死亡
孤独的人，以独特的方式
注视这个世界

没有人的森林是孤独的
孤独的人走进森林
孤独找到了孤独
那孤独的世界便不再孤独了

寂　寞

从海拔几千米
终年积雪
群峰陡峭
无风无雨
空气稀薄中
走下来，寂寞
同我拍拍手
我便开始了雪崩

在陌生的人群
鱼贯而入，如走在
阴森森的墓园
一排排墓碑，寂寞
跟我打个招呼
我如梦中醒来

寂寞之后还有寂寞

有　赠（之一）

我就想做一些毫无意义的事
比如，在夏天却惦记着冬天的皑皑大雪
倒数秋天的落叶，不收藏不迷恋其如何变色
设想一幅画里最多能画出多少
重复又重复的同样的画面画题
看夕阳不去提别人常挂在嘴边的话
在河边不一定垂钓，不一定要散步
捡个石头随便无目的地丢到水里
吹着口哨，哼哼唧唧几句，懒得问
白云为什么那么白，乌云为什么那么黑
冲鸟笑笑，栏杆摸摸，草坪踩踩
不一定等到月圆，也可以把酒对青天
骑驴骑马，悠哉悠哉，东张西望
偶尔爬爬山，就在半山腰歇歇
“一览众山小”，含意太深别累得不行
读读小寓言，看看小漫画，听听轻音乐
对着镜子，龇牙咧嘴，做个鬼脸
面对青山绿水还可以莫名其妙地哭
写这几行不严肃，轻松无用的句子
别管我，我就想活着没有太多的目的，太多的意义

有　赠（之二）

我曾有过多么强烈的渴望
心里埋着的却是简单的种子
南方都市的风吹着我不整的衣冠
和凌乱的长发
感觉时代与个人命运
如风如云变幻
暴雨前的天空浮出不安
如我年轻时的无可言状的心
我时常在那长檐下躲着雨
建设中的大厦，躁动与繁荣并存
是呵，多年后相见还存留几许记忆
这里那里，何处寻迹
都市不断更新而我们不断变老
时光如此美好又如此残酷
如今，再多的美酒再多欢歌笑语
或许是逢场作戏，我如同将士
怀念已故的战友一样怀念着
那一段羞涩的人生倩影

南方的归程

南方的白云飘到北方的天空究竟有多长的路
也许这儿愁人的雨落到那儿将冻成寒冷的雪
北方纷飞的雪像南方送葬人一路撒下的纸钱

人说花有开有落这世界才会充满生机
昨日我梦中的花开了今天却在你的眼里凋谢了
这世界对我来讲南方与北方的时节都一样的悲哀

或许我的心太重不会随北方的风没有方向地飞
南方的归程有如你那森林般黑发漫长
你曾对我的微笑真的比风还轻早已没有了踪影

去怨南方闷热，杂草无名长藤绊住我的归程
让我找不到北方辽阔的天空和宽广的平原
我说南方的橄榄又青又涩如同你的心一样
有不尽的回味

但我终究要归程终究要明白
你的心在我多情的季节里无法改变颜色
正如北方的苹果无法在南方生长
我归属这儿的土壤你去结成那儿的果

无　题

月亮真像一匹白色的骏马
晚云如马尾和不羁潇洒飘逸的鬃毛
从弯月到满月，一匹白马奔跑的过程

我已经是一匹渐渐衰老的野马
虽然我的思想还在草场上奔跑

光阴主宰人们的肉体
时光是所有生命之王

我不得不向我的岁月投降

哦，一片林子

树木在营造和睦气氛
时光下达温柔的指令
金叶和红叶飘动浪漫的色彩
这片秋天的林子里有我适当的幻想
当树林把这美好的景色赠送人们
我说沉醉是幸福，清醒也是幸福

亿万年后

谁说太阳的光辉永恒，错
50亿年后太阳将燃烧完毕
太阳熄灭之前，地球冻成了冰块
成了真正的人间炼狱
地表如同火星一样，全是沙石一片
寸草不生，天上无飞禽地上无走兽
太阳形成了黑洞，将地球月亮吞噬
最终，太阳系成了银河系一粒尘埃
亿万年后，文明人类忙于逃离地球
逃离太阳系，那时还有什么未完成
接着到另外一个星球去实现

请告诉我

你在太平洋能找到几顶贫穷的帽子
你在太平洋是否捞出几颗破碎的心
你在太平洋会画出几道和平线
你在太平洋将听到多少自己的回声
你在太平洋曾遇上多少罪恶的影子
你在太平洋能摸到多少失魂落魄的骨头
你在太平洋是否看到了战争的遗迹
你在太平洋会看见几多痛苦和快乐的眼泪

音　乐

——听肖邦第一钢琴协奏曲

一个有阅历孤独的人适合一个人听音乐
他可以忘却时空
沉浸在音乐如同沉浸在江河湖海里
他拥抱着音乐如同拥抱天空拥抱山水
音乐有他最需要的一切，于是，他的情绪
顺着音乐的方向，音乐章节，语言
扬鞭策马，鸟语花香，或人潮涌动
无烟的战争却无胜败，他听懂理解
夕阳，花前月下，恋人依偎情意绵绵
顺着音乐的场景，大自然的风光秘密
音乐里，他不需要看清具体的人物
表情年龄，不必分别何草木何禽兽
从音乐中他获得了应有的张弛和意境
一个有阅历孤独的人，听完音乐不再孤独
仿佛那声音带他走进世外桃源

第四辑
霞浦的记忆

霞浦的记忆

我是霞浦人没有错。霞浦的滩涂很有名，可那是近几年的事。我1978年上大学，后来在外工作，虽说不像古人“乡音无改鬓毛衰”才回家，可每次回家在家待不到一个月就走了，印象中的霞浦与小时候的大不相同。

一

我在县城长大，当年城关一万多人口，现在少说也有二十来万人，城市扩展超出想象。小时候，我在南旧城墙边一个大地主豪宅内居住。这座豪宅在新中国成立后分给十来户贫下中农，如今已经属于危房。因为产权分配问题，开发商和住户没能达成协议，所以还没有被拆除。如今，绝大部分的老住户早已经不住在那里了。可以想象，我们一家人，当年也如同电影里所演的旧上海、旧北京最底层人，一家七八口人，三代同堂。因为住在城边，我与城关农民的小孩们混得还可以，其中，一个纯农民后代，他是个文学爱好者，也是我的铁哥们，可惜他没有考上大学。

旧城边的南旧城河，生产队养鸭会把它们放到河里。我时常在河边玩耍，捞鱼、抓螃蟹，捡到鸭蛋那是一件莫大的喜事，鸭蛋可煎着或煮着吃，所以，捡到鸭蛋的那种兴奋劲就别提了。我时常做捡鸭蛋的梦，甚至上大学工作以后，我还在梦中捡到鸭蛋。我偶尔也去生产队的鸭窝里找鸭蛋，当然收获少，有时只能捡到一两个，因为鸭子时常会将蛋藏在墙角里。有一次，我发现一窝鸭蛋，十来个，吓我一跳。说真的，我当时害怕极了，一个鸭蛋都不敢拿，好像犯了罪似的逃走了。

二

小时候霞浦有啥玩的？

玩弹珠，玩玻璃珠。弹珠是指不锈钢的圆珠，大小不一，一般从车轮的轴承上卸下来。玻璃珠是下跳棋的棋子，里面有不同的花色及不同的底色。小孩子在地上挖一个小洞或干脆就用玻璃珠印一个凹形，然后趴在地上用大拇指与食指夹住玻璃珠，再用大拇指弹飞，看谁用最少的次数将珠子弹入洞里。现在，很可能连农村小孩都不玩这个了。

我们偶尔也玩赌输赢的游戏。一种游戏是破甘蔗。一段甘蔗，用同样的“手刀”切，一刀下去，像破竹似的，看谁削下的甘蔗片长谁就赢。另一种游戏是冲断甘蔗。用一只手直握一根长甘蔗，跑出几步用猛力冲拉，看是否能将甘蔗折断以及能折断成几节。这个游戏的关键在于赌者的力气以及对甘蔗的大小、硬度的判断。谁赢了，甘蔗就归谁。霞浦的甘蔗是绿皮甘蔗，很有水分，它与从台湾来的制糖的红皮甘蔗绝对不同。霞浦种的甘蔗一节五分钱至一角钱不等，一整条直立高过大人的甘蔗也就值一元至二元。现在霞浦市场上已经很少见到这种甘蔗了，可能农民不种了。

小时候，在田野里玩耍还是非常有趣的。比如，夏天在田里或河岸边钓青蛙是一件很有收获的事，青蛙肉炒竹笋是一道好吃的菜。青蛙肉就是有点土腥味，比田鸡（生在山间小溪的野生蛙）肉差远了。可田鸡要钱买，青蛙则是免费的。钓青蛙方法非常简单，一根绳子系在竹竿的一头，用小青蛙做钓饵，关键在于要用心挑动那一头的诱饵。青蛙会一跃而起，扑向用小青蛙做的诱饵，用嘴咬住不松口。这时，可以用右手提竹竿，左手去抓住青蛙。还有一种方法是夜间用手电筒去田埂上照青蛙，青蛙被手电筒的光一照，便一动不动。我无此经历，是听说的。

三

以前，霞浦的南门外都是农田，种的绝大部分是水稻，现在全都盖上房子了。以前，秋收后我有时会跟大人到田里拾稻穗。老家很少人种麦子，种也只种在山坡上。虽然霞浦县城的农民生产队都种水稻，可只种一季。农民要交公粮，留一部分自己吃。那时，农民按劳动力挣得工分，从生产队分到粮食。我们这些城镇户口的，记忆里从来没有吃过一顿当地的新米（指当年收成的），吃的都是凭户口本到粮店去购买的旧米、陈米。我们家从粮店购买来的定量大米通常不够吃，除了大米，还配有杂粮，比如地瓜干就是其中的一种，总之要说多难吃就有多难吃。

说心里话，本人嘴馋一点不假。这跟小时候家里没有东西可吃有关，说白了就是没怎么吃过大鱼大肉。小时候，猪骨头、鱼骨头汤倒是没有少喝，骨头比肉便宜，一斤也不过几分钱。记得我上小学的时候，小学五年级学费2元5角，有几年还要分几次交呢。当时，父母的月工资加起来不到100元，加上家里有4个孩子，穷是可想而知的。每到月底，外婆就要向别人借钱。霞浦是鱼米之乡，此话不假，可我一年大概只有逢过年过节才能痛痛快快美餐或饱餐几顿。平常一家好几口人，吃一只半斤来重的海螃蟹，每人只能吃一点蟹肉而已。

鸡蛋是一种好吃又可以用来送礼的好东西，订婚、生小孩、满月甚至串门走亲戚均送鸡蛋。蛋黄好吃，最简单的吃法是清水煮鸡蛋不带蛋壳，加白砂糖或冰糖就可以了。现在偶尔吃那么一两次，我给自家小孩讲这是老爸小时候最爱吃的，他们无法理解，我只能可怜自己的童年。可你别说，我现在依然喜欢吃蛋黄。尽管自己学过医，据说上了岁数的人吃多了蛋黄胆固醇会增高。童年的某种情愫在那里呐，管他胆固醇高还是不高，我的原则是想吃就吃，没那么多可讲究的。说到小时候鸡蛋好吃是有一定道理的，那时农家自己散养的鸡，它们吃的都是五谷杂粮，不像后来学国外大农场机械化养殖，鸡吃饲料。美国近几年开始流行吃有机食物，包括有机鸡蛋。这些有机农产品当然价格也比无机产品要贵出一两倍了。

小时候，在家吃米饭及吃海鲜，17岁离家到外地，最大的不习惯还是吃。比如到广州吃淡水鱼，我就觉得不好吃，没什么味道。后来到了北京，我也不习惯吃馒头之类的面食。我去过不少地方，吃，这是我的最为关心的事情。我出国前在北京行医，有名的几家五星级大饭店都吃过，甚至中南海的宴席我也吃过一回。

吃来吃去，我偏爱吃海鲜。山珍当然也吃过，山鸡、野猪的味道感觉一般。我父亲在霞浦长春海岛一带教过书，他对海螃蟹肥不肥的鉴定算得上一流水平。父亲有时回家带一些干货回来，最佳的食品就数干对虾，我们叫对虾干。对虾先煮熟了然后晒干，虾干通常可以掰开吃。我有过偷吃虾干的经历，也有过偷吃红糖块的经历。红糖块，过年做年糕用的。大人们将虾仁、虾干、红糖放在米缸里，防止潮湿。1989年，国际亚太肾脏病会议在北京举行，我的导师杜学海是大会秘书长，黎磊石为大会主席，我是会务组工作人员，可惜他们两人现都已故了。会议结束后，会务组工作人员及应邀的国际著名肾脏病专家，十几个人，夜间，警车开道，反正黑黑的，我们啥也看不清，稀里糊涂地到中南海参加晚宴。那次宴会，正好吃上了对虾，味道似乎和小时候霞浦吃的一样鲜美。

我的导师杜学海生前有一次来美国开会，在新奥尔良，我在一家台湾人开的中餐馆请他吃饭。我们吃了鳄鱼肉，每人点一道海鲜汤，一小碗就3.5美元，味道的确鲜美，平心而论不比霞浦的海鲜汤差，可惜量少了一点。记得，我在北京王府井的王府饭店，第一次尝到漂亮精美的西式糕点，味道当然胜过小时候在老家吃的甜点心。我的父亲是福安人，母亲是地道的霞浦人，父亲只认他童年老家的光饼。他这爱吃光饼的嗜好常被我们家人笑。

霞浦的街头小吃很有地方特色。每年回家，总想吃一些地道小吃，却总让我失望。比如鱼，现在大部分都是养殖的，具体如何养的我不太清楚。网养、铁箱子里养，放在海里又称放养、寄养，它们有喂和无喂之分。这与美国养龙虾一样，后者不喂人工饲料，用铁笼子放在海里自然生长。如今家乡的海鲜贵得不得了，具体的价格我就不想提了。几年前回北京，饭店卖进口龙虾一斤上千元，还满客。在美国，一斤不超过一百元人民币。或许，我们已经落伍了，跟不上时代的步伐，许多人世间发生的事已经无法理解。许多儿时美好的东西，连同不愉快的事情一起，只能留在记忆里自我回味了。

以前，我的外公在饮食店工作，他负责煮饭及卖米饭。每逢星期天，我都要到外公的饮食店里蹭饭。我最爱吃的就是炒米粉，用猪油炒的米粉很香。外公的同事正好是我们的邻居，他的外孙女比我小好几岁。我们经常一起步行去那个饮食店。饮食店在城外，须步行大约一个小时。炒米粉用猪肉丝及鲜虾贝一起炒，而煮米粉用的是骨头汤加贝壳类的海鲜。海鲜是一种我们那儿叫蛏（读chēng）的贝壳，那个贝肉鲜美得很。在二十世纪七十年代，又有谁会知道当年十三四岁正是发育长个子阶段的我，放学回家往往只能吃些盐巴米饭团或白开水泡米饭填饱肚子呢？刚到美国，我住在康涅狄格州的钮黑文（New Heaven）的市区内，看到这山清水秀、半城市半乡下的耶鲁校园，仿佛又回到了霞浦。生活在小县城里的我曾向往着大都市的生活，那都是从书本上读来的，外面的世界很精彩。有了车后，周末就开去郊外钓鱼。

说到吃，自然不能不说些城市人所不太了解的经历。小时候看人杀猪的场景，现在想起来，那是非常令人害怕又非常刺激的一幕。那个场面颇热闹。农家人在自家院里养猪，猪长大了，要么卖给别人，要么自己宰了自己吃。一般收购者将买来的猪送到屠宰场，霞浦县城外就有一个屠宰场，每天都有大批大批的猪被宰杀。先用电把猪电晕，然后把猪吊挂在铁链上，屠夫们再用刀尖刺向猪的喉咙，放血。这个杀猪的过程无声，挺没劲的。农家人请人来杀自养的猪，多逢喜事，诸如结婚、生小孩。杀猪需要许多强壮的男人们把猪按倒，那猪的挣扎尖叫声和人们的叫唤声交错在一起，热闹非凡。老练的屠手动作麻利，一刀见血，猪血流如注，一会儿猪的刺耳的尖叫声就随着血流的增多而渐渐微弱，直至无声。

人生活在世上不可能十全十美，没有遗憾。比如上了年纪的人，谁还去比看谁能多吃大鱼大肉、多喝酒呢？幸福的时光，时光是关键。年轻的时候爱吃肉，有肉吃想吃多少就吃多少，吃个够，这才算上真正的幸福。待你老了牙齿都掉了，再多的肉，你吃了也不消化，胃还难受。同样，钱财名誉，盖棺定论，都是给别人看的。

思　考

一

历史是一面镜子，一个国家的社会稳定有时要看它的人民是否注意看护好这面镜子。你要经常擦，否则，它就会覆盖上一层层时代的尘埃。其结果，镜子就不那么亮堂，你就看不到或看不清楚自己现在的真实面容，有可能忘乎所以，飘飘然了，失败的事情就会重演。问题是，谁负责保管这面镜子？又有谁会愿意主动去擦这面镜子？

二

人类为什么要撒谎，不说真话呢？撒谎之后还要找各种各样的借口去敷衍，或者用另一个谎言去圆前一个谎言。小到个人、大到群体都是如此。说白了，各种各样的谎言就是一件又一件不同的衣裳。小孩不会说谎，死人难道还会接着撒谎？所以，谎言也是生不带来、死不带去的。

三

人世间，总有已知和未知的事情在发生。谁能预见和探测到未知的，谁就能走在别人甚至走在时间的前头。教育，让普通人去了解掌握已知的东西；想通过已知的去预见未知的。大家忽略了，未知的或将要发生的事，如同真理一样，只掌握在极少部分人手里。

四

普通百姓天生具有美好愿望，希望天下太平，甚至幻想人人平等。愿望终归是愿望。你看看动物，什么猴王，狮子王，狼王，比比皆是。为什么地球不去绕着月亮转，或者，为什么太阳不去绕着地球转呢？这世界，只要有社会和国家存在的一天，人类就别想没有战争。愿望终归是愿望，你能长生不老吗？

五

世上到底有没有神呢？有人说有，有人说没有。相信的人自然会描述得有鼻子有眼睛的，更有甚者讲述各种各样见证的故事，数不胜数。我根本不怀疑他们的故事，也相信他们故事的真实性。但是为什么，还是有人不相信呢？这么说吧，神好比是乐透奖，多少人去买，又有几个人中奖了呢？世上总有人中奖，问题是，你中了吗？

平安无事

今晚是平安夜。想起小时候我住在霞浦县南门附近，外公外婆的家，一间曾属于地主的老宅，位于南宫弄。每天晚上睡觉之前，我们这儿的大街小巷有一位老头子巡逻，敲着一个响器，不是锣也不是鼓，我从来没见过，我猜测应该是竹筒或者是木筒之类的东西。每晚都会听到，先是“哒，哒哒哒”这样敲响的声音，随后便是他的叫声“平安无事，平安无事啰”。大人们吓唬哭闹的孩子说：“你再哭，我就把你送给半夜敲更的老头啦！”不知道后来为什么再也没听过这老头敲打的“哒哒哒”及“平安无事”的声音，大概是因为老头死了吧。为什么没有人接他的班，这差事又是谁出的钱呢？我没有问，大人也没说。电影《地道战》中有类似的场景，日本兵走之后，有人边敲锣边喊着“平安无事”，那就意味着乡亲们可以出来了。

过 年

我外婆有几个乡下的义子。每到了年关，他们都会挑着担子给外婆家带来一些年货，比如竹笋、鱼干之类。他们也是从山上下来到城里买些年货的，我们家那时没有海边的亲戚。其实所谓的年货印象中好像就是诸如糯米、糖、甜饼、鸡、鸭、鱼之类的东西，当然还有一些布料和毛线，准备过年做些新衣衫。平时除了红白喜事，也只有过年才有大鱼大肉吃。一句话，穷哪。比方说吧，过年送礼就那一块两三斤不到的猪肉，好一点算猪大腿，我看也是送来送去的，又有谁家舍得自己吃呢？也只有过年了才有一件像样的衣服穿。有些人家把大人的旧衣服拆了，然后给小孩重做，衣服做得跟新的似的，因为用的是一整块没有打过补丁的布料。旧布料重新染色了，也算是新的衣服了。过年时也是霞浦一年中天气最冷的时候，很难下雪（偶尔一两次），大部分是下霜。手脚及耳朵都会被冻坏，白天出太阳一晒，冻伤处就会红痒。我常常与外公睡一个被窝，暖和。小时候，我常常偷吃过年做炒米糕的红糖。很大一块红糖放在米缸里（怕潮湿），我时常偷偷摸摸并小心翼翼地从大块红糖的边边角角的地方掰下一小块。真甜哪！好像外公外婆从来没有发现过。现在想来他们也许知道，因为疼我，所以不轻易在我父母面前揭穿我罢了。

生 计

小的时候，五六岁，那时我们不住在那个大宅子里，而是住在南宫弄另外一个独院里。据我母亲回忆，原先是外公买下，后来因为生活困难将房子的一半卖给一家人。印象中对面家住的是一位年轻的泼妇，常跟外婆吵架。其结果就是后来外公外婆把这个仅剩下一半的房子也给卖了。那时，外公还养了一条狗，我经常到肉店铺去捡一些碎肉喂它。后来，它被别人捕杀了。当时外公听说这消息之后，一句话都没说，从此以后，我就再也没看见外公家养什么宠物了。

大宅院里除了我们一家不务农，还有一家，男主人是鱼贩子。他凌晨三四点钟去海边购买渔民捕获的海货。他挑着两个箩筐的海鲜赶十几里路，那时没有冰块之类的制冷保鲜物，必须得赶时间，否则鱼货就不新鲜了。夏天，他就付费乘坐三轮车，这样一来钱自然就挣得少了。一家五口人的生活全靠他，有时他老婆帮他在市场上销售海鲜。男主人抽烟很凶，跟我中学的一位语文老师一样，后来听说两人均死于肺癌。

外公进饮食店之前，有一段时间好像没干什么工作。印象最深的是上野猫岭一带的山上去捡碎石，我和我哥有时也跟去帮忙。装满碎石头的土车从山坡上下来，我们一路跟着，尘土飞扬，既兴奋又紧张害怕。我已经记不清那时外公当车夫的模样了。旧式土车，两个轮子，长方形，跟北方的马车一样，只是人替代了马。拉车是个技术活，人站立着，双手握着两个车把，胸前斜挎着车带。上坡时手肩并用，我们可以在车后或车两旁用力帮忙推着一起上坡。下坡则由车夫将车头向上抬起，让车轮自由滑动，人和车一同奔跑。我们一家人的任务就是将大块的石头敲成小块。我问外公这石头怎么卖，他说是按体积来卖，一立方米碎石也就卖一两块钱，一车下来也就挣十几块钱吧。那时的碎石头好像是用来铺马路的。

二十世纪七十年代的时候，大家做饭都是烧柴，有时烧木炭。我有过拾木柴的经历，手里拿着小簸箕，到山上、马路边去捡。回来后，那些杂草小树枝要晒干后才能用。后来改烧煤，蜂窝煤，我很不喜欢，它呛鼻子呛肺。那时买煤炭有限制并且定量，不是你随便想买多少就能买多少，要有煤炭票。

我外婆喜欢抽烟，我小时候经常到街上捡烟头。将许多烟头里的烟丝糅合一起，用新的烟纸卷起来，自制香烟给外婆抽。不瞒你说，小时候还真偷偷抽过烟呢，还跟发小黎明一起从家里偷一些米去换年糕吃。人家刚刚做的年糕热乎乎的，甜甜的，可好吃啰。外婆曾给别人家洗衣服，每次能挣一两毛钱。别人结婚时我外公帮挑担子，可以挣五毛钱。你可能不知道我们家有一个大坛子，盛满了尿液，一坛尿液可以卖五角至一元钱不等。那时农民种菜都用动物及人的粪便施肥。

大宅院里的农民，有些人有自留地，他们经常在地里种些蔬菜。除自家吃外，还可以挑到农贸市场卖。有一家主要种韭菜和葱，收割后大量的韭菜和葱需要人帮忙打理收拾，将坏的烂的摘除。摘韭菜按斤计算，好像摘十斤韭菜才能挣一角钱。还有剥花生也能挣些钱。

院里有一口井，我曾将从河里捕到的鱼和螃蟹放在井里养着玩。改革开放后，这口井为这院里的农户浇灌豆芽菜发财致富做过很大的贡献。

玩　耍

去年老家干旱，这是多年来罕见的事。小时候，我印象中霞浦县城尤其我们居住的地方经常发洪水。每年都有台风，台风之后，大街小巷都是水汪汪的。我家在县城南门附近，旧城墙内属于低洼地带。大雨导致护城河的河水暴涨，城内的水一时排不出去，越积越多，洪水高过膝盖那是常有的事。有几次，水使木家具漂浮了起来，还有房间里的木地板，也浮出水面。大雨过后，我们可以到操场打水仗，有时在草丛的水中可以捞到大泥鳅。那个操场就在实验小学后面，当年是霞浦县唯一的体育场，也是霞浦县最大的体育场。

后来，附近盖了一个酿酒厂，结果把我们住的老宅改成酒厂弄6号（现已改回南宫弄）。酒厂烧煤，小时候我捡过煤渣，像李玉和演唱的那样“穷人的孩子早当家”。捡煤渣很简单，酒厂大锅炉要用大量的煤烧火，工人们将炉底烧完的煤一车一车倒在垃圾场，我们就从烂煤渣中挑拣出带有黑色的小煤块，这是一些没有完全燃烧的剩煤，拿回家可以继续烧火。酒厂产出的酒渣排放到护城河里，温度很高，这时候我们在河里就可以捞到被烫了游不动的小鲫鱼。有人排队接酒渣回家喂猪，时有烫伤事故发生。护城河小，水浅又比较脏，我很少在那里玩。我和一些发小通常跑到南门外山脚下的那条河里玩，现在可能就是山河路边上的那条河。那时，河水清澈，河床上有金黄色沙子，河里有水牛、鸭子，还有翠鸟，现在早已不见了踪迹。我在那条河里学会了狗刨式游泳，光屁股游泳那是常事。有一次，我不小心步入深水区，河水淹过了头，我灵机一动，干脆潜入水中，顺水狗刨式游了起来。哈，我庆幸自己没被淹死。打完水仗和游完泳之后，我们故意用泥土将自己的脸还有身上抹黑弄脏，这样一来就不会被大人发现玩水了。有一次跟发小在外面抽烟，我建议跑步，这样多呼吸多喘气，就可以将嘴里的烟味吹掉，这位发小还真的跟我这么做了。

说到我曾住过的地主老宅，现在已破旧不堪，很大原因在于它是泥瓦木房，如今霞浦已经没有人烧瓦窑。房顶上的瓦片时常被野猫搞坏，失修多年，逢雨就漏。房子的木梁架子长期风吹雨浸日晒，有些房顶都塌陷了。小时候在这宅院里，除红白喜事热闹外，偶尔也有别的热闹场合。记得宅院的大堂里，我父亲拉过京胡，我母亲和京剧团的戏友们唱过闽剧。唱的闽南话或者福州话，我听不懂。我更喜欢的是听说书，类似单口相声。这些说书的人从霞浦县附近来的，晚上天黑后，院里大人小孩围在一起，说书的人那是有声有调，声情并茂，用筷子敲碗，木块敲桌子，抑扬顿挫，节奏很强。通常是讲些古代的英雄救美人的故事，故事情节跌宕起伏，丝丝入扣。

除了玩一些弹弓铁圈子，在虎头门看露天电影也是一番乐事。看《列宁在1918》，有一句台词我迄今不忘："让列宁同志先走。"还看过《刘少奇主席访问印度尼西亚》《地道战》和《铁路游击队》。电影里的日本人的坏样，打小日本鬼子，是发小们津津乐道的话题。

街头没有人耍杂技，倒有外地人在街上卖狗皮膏药，卖跌打摔伤药丸之类的黑色玩意儿，说是祖传秘方炼制成的。霞浦话"打铁杆"即走江湖的人，实际上，他们是有点功夫，赤膊上阵，先一阵敲锣鼓，把人引入，围一圈观众，其中也有像我这样小的小孩子，一般坐在前排的地上。走江湖的人用真刀（菜刀）往自己的胸部砍去。有时候，用一根竹筷子放在胸前，几刀过去，直到把筷子砍断为止。胸部有刀印而不出血，然后大家鼓掌。表演之后开始兜售他们的产品。有一次他们推荐一种如竹叶长的果子似的中药泡酒，当场浸泡给我们看，不一会工夫，玻璃杯里白色的酒开始变红，说能治百病。

很小的时候，我跟着邻居的一个大男孩去西瓜地里偷西瓜，结果被看西瓜的人抓了。其实，我是很冤枉的，我什么都没干，只是跟班的。我被人带到龙首路的饮食店让我外公认领。外公当着别人的面甩了我后脑勺一巴掌，挺疼的，但我没有哭。几年后，又经历了一次，我跟着小学同学仲明夜间跑到南峰山去偷摘李子，这次比较幸运，没有被抓，也就干过这么一回。

过年放鞭炮是一件开心的事情，一手拿着鞭炮一手点燃，然后丢开用脚踢，既要胆大又要心细，很刺激。有时，我们把鞭炮插在牛粪上，点燃鞭炮后跑开，躲在远处看着牛粪炸开，牛粪四溅，好开心。随着年龄的增长，后来再也不干这种傻事，也不觉得那么好玩了。

学　习

我从小就不属于好学生、“学霸”之流。1978年高考，外语是不计入录取成绩的，只作参考分。那一天，我没有去考场而是到街上花几分钱看小人书，等到考试结束的时候才回家。别人问我考得怎么样，我撒谎说还可以，支吾过去。我们上了高中才开始学英语，当年只记得“毛主席万岁”这一句英文：Long live chairman Mao. 在大学，我上的是英语低级班，英语摸底考试26个字母写不全，真的有点不好意思。

我记得非常清楚，上幼儿园的时候，每天要肩挎着自家用布缝制的书包。我经常丢铅笔，现在我怀疑可能是布做的书包有破洞惹的祸。小学的校门前有摆摊的，出售一些小零食，卖一两分钱。它们绝大部分是自家糖制食品，比如红糖泡制的鲜萝卜片，蜜饯，砂糖杨梅干。还有就是一些新鲜水果，如杨梅串、李子串，现场将它们裹上一层红粘糖，好吃。摆摊的人早早煮好了红粘糖，其主要成分是麦芽糖，盛在一个瓷缸里。摆摊的人右手拿两根小木棒先在盛有粘糖的小瓷缸里搅拌，然后张开两根木棒（相当于两根粗大的筷子），粘糖如塑料薄膜般裹在他左手拿的一串李子或杨梅上，如同北方卖的山楂串，只是李子和杨梅上覆盖着一层白色的砂糖。城里居民户的小孩上学是要交学费的，农民户好像是免费的。小学学费大约2.5元，就这2.5元我们家还要拖欠，班主任上门讨学费的情况时有发生。

大约上三年级的时候，老师跟我父亲说这孩子应该到二年级去上，因此我成了留级生。我从小就讨厌一笔一画机械性地写汉字，包括写毛笔字，所以我的字写得非常潦草，非常羡慕别人能写一手好看的字。数学还可以，最差就是语文，差在哪里呢？拼音学不会，至今我没有掌握好中文的拼音字母。好在现在有手写输入，我的诗稿，如今都是用我的右手食指在手机屏幕上写成的。还有记不住字和词，听写与默写基本上是考“零蛋”。每年放暑假之前，班主任都要到学生的家里去访谈。我害怕老师来家里，好在我父亲在乡下教书，我母亲不怎么管我的学习。小学老师大多是外县来的，不会讲霞浦话，班主任向我外婆汇报我的学习成绩以及我在学校的表现，她听得似懂非懂，我总能在家长面前混过去。最为讨厌的就是有些老师让学习差或者表现不好的学生上完课留下来训话，这样一来就会导致学生晚回家，无疑给学习不好的学生造成巨大的心理压力。有一次，上完课后老师不让我走，时间太长，好像天都快黑了，我急得快要哭了出来。不瞒大家说，我为此报复过这位老师。

我暗自计划如何出这一口恶气。星期天，我悄悄地往他住的学校宿舍的房顶上扔石头。我在学校围墙外，就是从南门外体育场往里扔。我的目的很明确，要把他住的房顶上的瓦片砸烂了，下雨天让他住的房漏水……我的确干过这件坏事。扔完石头后，听到房顶瓦片被石头砸碎的声响，也听见老师从房间出来叫唤“谁！谁！”的声音。我拔腿就跑，紧张夹杂着害怕。

上小学期间，还有过学习互助组。每周有一两个晚上，几个邻居同学到一个学习好的同学家里一起学习。学习啥内容早已记不清了，男女同学在一起不就是叽叽喳喳聊个不停。那时候，男女同桌，淘气的男生都会在桌子上用铅笔画上一条线，大有井水不犯河水之势，像是一条“三八线”。

从小学五年级开始，好像脑袋瓜有点开窍了，喜欢读课外书。从读小说开始，对数学的理解能力也逐渐提高了。初中开始啃厚书皮。当年的热门小说，浩然的《金光大道》我读过，还有《林海雪原》《三国演义》《水浒传》《西游记》《红楼梦》等。印象深刻的还有一本叫《浮沉》的中篇小说，讲述一位上海女护士谈恋爱的故事。此外，我还读过《唐诗三百首》，也经常到图书馆借一些鲁迅先生的作品，尤其是鲁迅的短篇小说，我比较喜欢，比如《伤逝》。

那时候流行“八大样板戏”，我和一位要好的同学敬孝经常能相互背诵样板戏的台词。广播里天天播放，耳濡目染，久而久之，自然而然就对那些歌词背得滚瓜烂熟。杨春霞唱的“家住安源萍水头”，哦，别提了，简直就印在脑海里，挥之不去，差不多要植入骨髓了。

对科学的兴趣，主要来源于《十万个为什么》，以及叶永烈写的科普系列。我对收音机挺感兴趣，曾经自己动手成功制作过一些简单的小耳朵式的收音机，只能收听中央广播电台。

我的中学，刚开始是在县城一个教堂里上的。二十世纪八十年代后退还给教会，此后，教会开始动工修建改造新教堂，可惜十多年过去了，它像是一个烂尾工程，还未完工。

我一直住在南门外的地主老宅里。高考之后，一天上午，我在家制作天文望远镜，有一个背着绿色邮差包送信的中年男子找到我们家，我心想他可能是给我送大学录取通知书的。接过信后一看，果然如此。我平生第一次，跑到县邮电局给我远在乡下教书的父亲打电话，当年他在长春公社，后来改成长春镇了。被大学录取的确令我兴奋，我父亲听到后也很高兴。我告诉外公说我被大学录取了，将要到广州上学。你猜外公有什么反应，老人家第一句话就是："广州呵，那么远？！"当年是很远，从霞浦到福州乘坐长途车至少要六七个小时，从福州乘火车到广州要两天两夜。

夏威夷岛

小时候经历的一些事情伴随着你长大，几十年间若偶然提起或者想起，仿佛就像电影一样在你的记忆屏幕中清晰地播放着。我在几篇小短文里，时常提起我小时候住在一个地主的大宅院里。这个大宅院“王”字形设计，有前厅、中厅、大厅，土木结构瓦房，住人的房间都分布在前后左右。这个宅院里安装有广播喇叭，我从广播中学了不少东西，除了霞浦话播放的地方内容，大部分时间转播中央广播电台节目。除了我熟唱的“八个样板戏”，我还记得钢琴协奏曲《黄河》。今天，我在夏威夷岛渡假时突然想起当年有首男女朗诵的诗《西沙之战》，我还能背诵几段。我随手从网上一查，马上就找出来了。我印象极深刻能背的就是如下一段：

阳光在碧波上一耀一闪，
海风把浪花卷上礁盘，
金子似的沙土，
白玉般的海滩，

珠贝铺满地，
鸟肥积如山；
野海棠，
高撑着翠绿的巨伞，
羊角树，
伸展在石缝路边；
开不败的野花啊！
红白蓝黄千万点，
汲不尽的清泉啊！
甘甜如蜜微带咸，
是祖国妈妈的乳汁，
点滴叫人力量增添……
啊！
美丽的西沙群岛！
像一把珍珠，
撒在南海的水面。

今天我把夏威夷群岛当成小时候张永枚诗中描绘的岛屿，蓝天白云，碧水沙滩。实话实说，夏威夷有火山爆发，西沙群岛应该没有。

后 记

我觉得我应该出本诗集，这是对自己几十年来诗歌爱好的一种回馈，姑且算是现代诗的广袤大地里的一株小草，饱含着它应有的一份绿意。当今世界很少人能以写诗为生，写诗养活不了人，但也有少数诗人获得诺贝尔文学奖。记得二十世纪八十年代的时候，我的一首小诗登在《北京晚报》上，第一次拿到六块钱的稿费。我始终认为好的诗大都来自灵感，有感而发。生活及经历是诗人灵感的来源，艾青的那首《大堰河我的保姆》，就是他年轻时的生活写照。诗应该以书写真实为主、抒情为辅。我也喜欢戴望舒的诗，他的诗写得真实。何其芳早期的诗耐读又令人回味。其实，诗人写多少诗，出过多少诗集不重要，重要的是有几首在诗坛上得到流传成为经典。成功的诗人应该独树一帜，有自己的“写场”，自己的写作风格。现代诗句如“我挥一挥衣袖，不带走一片云彩”“面朝大海，春暖花开”等，会不会像“黄河之水天上来”一样成为千古传诵的诗句，我不知道。一首好诗的完成，不是诗人挖空心思、绞尽脑汁而成的，而是诗人行千里路读万卷书，日积月累，水到渠成挥笔而就的。诗歌有写作技巧吗？若以技巧的方式写诗不会取得成功，因为诗歌必须要有灵魂，要有思想。从上述自己欣赏的标准来看，我的诗歌还远远达不到标准。借此，我对伟大的诗歌致以崇高的敬意。

卷尾

看

我用一只眼睛看世界

却把另一只眼睛藏起来

目的就是为了更好地看你

图书在版编目（CIP）数据

我又想起海 / 杨超翎著 . -- 桂林 : 漓江出版社，2023.1（2025.1 重印）
ISBN 978-7-5407-9182-7

Ⅰ . ①我… Ⅱ . ①杨… Ⅲ . ①诗集 – 中国 – 当代
Ⅳ . ① I227

中国版本图书馆 CIP 数据核字 (2021) 第 247019 号

我又想起海　WO YOU XIANG QI HAI

杨超翎 著

出 版 人　梁　志
策划编辑　霍　丽
责任编辑　李　慧
助理编辑　盘小春
装帧设计　梁颢蓝
责任校对　王林秀
责任监印　杨　东

出版发行　漓江出版社有限公司
社　　址　广西桂林市南环路 22 号
邮　　编　541002
发行电话　010-65699511　0773-2583322
传　　真　010-85891290　0773-2582200
邮购热线　0773-2582200
网　　址　http://www.lijiangbooks.com
微信公众号　lijiangpress

印　　制　三河市嵩川印刷有限公司
开　　本　787 mm × 1092 mm　1/32
印　　张　7.25
字　　数　150 千字
版　　次　2023 年 1 月第 1 版
印　　次　2025 年 1 月第 2 次印刷
书　　号　ISBN 978-7-5407-9182-7
定　　价　56.00 元